追尋**真相**，將墜入無盡的**恐懼境地**

亞佛烈德・希區考克 著

繁秋 譯

該詛咒的地方

ALFRED HITCHCOCK

驚悚大師**希區考克**短篇小說集

被豢養的猩猩、偷情的妻子、不存在的第三者、停不下來的舞蹈……
驚悚大師希區考克的黑色幽默，
就像海龜湯一般，不到最後一刻，永遠不會知道事情的真相！

目錄

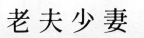

老夫少妻

麥可發現妻子最近的精神狀況有些不同尋常，經常是若有所思，神情恍惚。雖然他不是那種思維愚鈍，缺乏想像力的人，但也不是那種城府很深，善於靜觀事態發展的人，所以發現這一情況後，他便直截了當地問妻子：「妳最近是不是有什麼煩心的事？」

　　「沒有，我怎麼會有不順心的事呢？」妻子淡淡地說道。妻子說話時看他那眼神，既不是無動於衷，也不是一片茫然。

　　既然妻子矢口否認，麥可也就沒有繼續刨根問底。不過在他看來，在他和妻子簡短地交流後，妻子的情緒似乎輕鬆了許多，不再像過去那樣：每當家裡的電話鈴響起時，她就顯得緊張不安；或者當他對她說話時，她總是一副魂不守舍的樣子。總之，妻子的精神狀況「或多或少」好了許多，也比以前輕鬆愉快了，尤其是她還很恪守婦道。麥可用了「或多或少」這個詞來形容妻子的變化程度，他覺得很貼切，也表明他充分相信自己分析問題的能力。我們為什麼要說這些呢？因為他們夫妻之間的年齡相差過於懸殊，是典型的一對老夫少妻。

　　在接下來的一段日子裡，他們夫妻之間一切正常。儘管有時麥可仍然會覺得妻子的神情不對，但他認為也不好再指責什麼；再說妻子各方面做的都讓他很滿意，所以他也就不

再提起這些了。

　　麥可做生意經常要跑短途，每當出去時，他寧可坐巴士也不願意開車，因為他覺得找地方停車是件很麻煩的事情。

　　這天下午，麥可忙完生意上的事情，比往常提前半小時離開了辦公室。當他坐在巴士上往家趕時，透過車窗突然驚奇地發現，妻子正面無表情地駕駛著他們家的汽車從後面追上來。「天啊！怎麼搞的，她根本不會開車呀！」這一驚讓麥可感到非同小可，可還有讓他更驚訝的事情呢！只見妻子身旁還坐著一位年輕的男士，彷彿正在認真地和妻子交談著什麼。麥可有點不敢相信自己的眼睛了。當自己所乘的巴士正好和妻子開的轎車並行時，他又仔細瞅了瞅，沒錯！汽車是他的，開車的就是他妻子，妻子身旁是個陌生的男人。他一直隔著車窗注視著他們的一舉一動，當妻子轉頭向巴士看時，如果不是他迅速垂下頭，險些就被她發現了。不過，巴士很快就向左拐了，總算讓這個意外的巧遇過去了，然而這並不是事情的結束。

　　「她居然會開車，什麼時候學會的？我怎麼不知道？」坐在巴士上的麥可不禁眉頭緊鎖。他們結婚已經三年了，自從買了家用轎車後，他曾經教她學過開車，因為他覺得如果妻子會開車的話，那就太方便了，她每天也可以像其他家庭主婦一樣，早上把他送到車站，下午再去車站接他，這樣也就

免除了自己不得不乘巴士的不便。

但是，他教妻子學開車的效果並不好，或者說簡直就沒辦法教下去，因為她一坐上駕駛座，就緊張得臉色發白，手也哆嗦。開始他還很有耐心，可是妻子學了很長時間也不見長進，「這個女人真是爛泥糊不上牆！」有好幾回他氣得真想把妻子大罵一頓。後來，麥可不得不放棄了，因為她太緊張，開車會很危險。即便如此，這一情況還是讓他煩惱了好長時間。

「如果她早就學會了開車，或者是最近才學會的，那麼她為什麼要瞞著我呢？」這是麥可心中解不開的一個疑團。

坦率地說，他在婚前對她的了解並不多。那時，他因為生意上的事情經常去一家公司，而她則是這家公司的接待員，一來二去他們就認識並成了朋友。當然他們後來的關係已經勝過朋友了，他發現自己已經愛上了她。儘管她的年紀比他小很多，但她表示她也很愛他，並一再坦言年紀懸殊沒有關係，絲毫不會影響他們之間的感情。在兩情相悅的情況下，他們結成了夫妻。

「她現在為什麼會這樣呢？」麥可心中產生了一個大大的問號。

他曾猶豫過是否要告訴妻子自己已經看到她和一個陌生男子一起開車的事，但思來想去，還是決定不要告訴她。因

為，他覺得如果自己突然直截了當地發問，可能會產生兩種情況：一種是造成她的驚慌失措，乖乖吐露實情；另一種就是她會極力狡辯，甚至撒謊，那樣一來就會讓事情變得更加複雜。雖然她的行為讓他震驚不已，他也迫不及待地想知道答案，但他認為最好還是在倆人閒談時引起某些話題，請她作出解釋為妥。

一天晚上，他和妻子飯後坐在客廳裡，在不經意間他開口問道：「親愛的，妳今天有做什麼有趣的事情嗎？」

「啊，有啊，我今天到購物中心去了，那裡新進了很多服裝。」她說道。

「哦？」他點了點頭，心中感到稍微輕鬆了一些。

「咦，我剛才聽你『哦』了一聲，這是什麼意思？你是想知道所有的經過和細節嗎？」她目光直視著他問道。

「好傢伙！」他暗暗吃了一驚，但她的臉上卻掛著微笑。

接著，她還是面帶微笑地補充說：「你們男人呀，就是不懂女人的心。你知道嗎？一個女人在結婚週年快到的時候，總會想買點什麼的。親愛的，你今天都做了些什麼？」她說這話時口氣十分柔和，彷彿她真想知道似的。

是啊，眼看著他們的結婚週年就要到了。今年他原本想買一枚昂貴的鑽戒送給她，但前些天發生的事情讓他又打消了這個念頭，心中的疑團解不開，他哪有這種心情呢？

在接下來的幾天裡，他一直思考著這件事，並為探出實情做了一些簡單設想。

這天晚上，他對妻子說：「親愛的，明天就是我們的結婚週年紀念日了，我想帶妳到鄉村俱樂部去吃飯，好嗎？」

「好哇！」她似乎很高興地說。

於是，麥可開著車，她坐在一旁，向著鄉村俱樂部駛去，她的表情一直顯得輕鬆而愉快。

夜色已經變得越來越黑，只有昏黃的路燈點點閃爍。路上的車輛和行人都很稀少，當他們還未抵達位於市郊的俱樂部時，他突然緊急煞車，然後身體癱軟地靠在了座位上。

「麥可，你怎麼啦？」妻子見狀急促地問道。

「哦……我也不知道，就是覺得渾身無力，肯定是心臟出了什麼問題。」他聲音微弱地說道。

她似乎被嚇到了，愣愣地坐在那裡，一動也不動。

「快，快點，妳趕緊找人來幫忙！」他似乎拚盡全力地說，「還，還有，妳叫一輛計程車，我不能再開車了。」說完，他又顯出十分乏力的樣子。

她彷彿從夢中驚醒一般，趕快下了車，繞過來將左車門打開。

「麥可，你坐好，我馬上把你送到俱樂部去，那裡也許會

有醫生。」她緊張地說。

說著，她迅速坐在駕駛座上，握緊方向盤，朝著俱樂部開去。她的手法很嫻熟，車開得也很快，顯然很老練。

過了一會，一直斜靠在座位上的麥可慢慢將身體坐直，他顯然比剛才好了許多，說道：「我覺得稍微好些了，剛才那種眩暈欲絕的感覺總算沒有了。」

「哦，那就好，剛才真把我嚇壞了。麥可，你別大意，要去看醫生！」她輕輕舒了一口氣，但又語氣堅定地說道。

「算了吧，還是明天再看吧，妳看我現在不是很好嗎？」

她只是神情緊張地開著車，沒有吭聲。

終於到達鄉村俱樂部了，這裡沒有醫生，不過好在他又恢復了正常。

「我們還是先找個有醫生的地方看病吧？」她堅持說。

「不用了，我沒事！」麥可的態度也很明確。

最後妻子拗不過他，倆人決定先吃飯，明天早上再去找醫生。他發現自己在這次貓捉老鼠的遊戲中輸了。

在倆人吃飯的時候，麥可似乎有些緊張地對她說：「親愛的，我還真看不出妳很勇敢，不過，妳無照駕駛可是犯法的。」

「哦，我也知道。可……可是那是我準備給你的驚喜！」

她望著他小聲說道。

「喏，給你！」說著，她又遞給她一個信封，「這理由應當不錯，你看看！」她微笑著說。

他好奇地接過信封，只見收信人一欄寫著他的名字，打開一看，裡面有一張精美的結婚週年紀念卡，用別針和它夾在一起的是妻子的新駕照。

「難道？」他不解地望著她。

「麥可，是這樣的，自結婚以來，我覺得自己幫不了你什麼忙，很內疚，就很想學開車。可是我覺得做丈夫的不應該教自己的妻子開車，於是我就到汽車駕駛訓練班去學習了。那裡有個教練很好，不僅有耐心，而且很冷靜，事情就是這樣的。」她慢慢地解釋說。

聽完她的話，麥可內心的疑雲徹底消散了。真像她所說的，丈夫教妻子學開車是個很彆扭的事。當初他教她時，就有好幾次簡直都被氣得要發瘋。

瞧著妻子那始終掛在臉上的淡淡微笑，麥可內心充滿了愧疚：「原諒我吧，上帝！我多麼卑劣啊！我居然懷疑我的妻子！她明明忠於我，可我為什麼老是覺得她要謀害我，以獲取保險金呢？是我錯怪了她。」他在感激之餘，還暗暗地想，「我怎樣才能用加倍的愛去彌補對她的這份愧疚呢？」顯然麥可對妻子的看法徹底轉變了。

趁著妻子去洗手間，麥可開始動腦筋，想著各種彌補的辦法：「我是買一部小跑車給她呢，還是帶她出去旅行呢？這些都不夠，還是給她買一套手鐲和戒指吧……」總之，麥可願意想盡一切辦法消除自己心中的那份歉疚。

「是彼得嗎？對，沒錯，他那天在購物中心真的看見我們了。要抓緊，嗯，事情必須今晚辦。」

「哪裡？是同一地點嗎？」

「對！」

「我們怎麼碰頭？」

「就像我們以前計劃的那樣，把汽車前燈一閃一閃打兩次。」

「沒問題嗎？」

「相信我，親愛的，就照我教你的做。」

「好吧，再見！」她掛上了電話。

電話裡說的同一地點，是指兩里外的一個懸崖。晚上當麥可回家時，將由妻子開車從那裡經過，在最後的一分鐘她會迅速跳出車外，任由汽車連同麥可一起墜落到千尺深的崖下。

　　　老夫少妻

該詛咒的地方

唉，這件事情該從哪裡說起呢？當然最好是從頭敘述，可哪裡又算是頭呢？乾脆，我還是從同意購買麥爾肯農場南面的那畝地開始說起吧。

　　我的職業是警察。不知怎麼搞的，那些天我總想找件有意義的事做做。所以，每天下班後，我不是急著往家裡趕，而是經常在警察局辦公室裡多待幾個小時。有人說我滑稽，屬於沒事找事的人，權當我就是這樣的一個人吧。還有，如果我感到無聊的時候，通常會去電影院裡消磨時光，每當看到影片中那些賊眉鼠眼、大腹便便的人吐口水侮辱人，或者是毆打無辜的人尋開心那類情節時，我就會感到熱血沸騰，恨不得揪住那些人教訓教訓他們。

　　我的婚姻生活並不美滿，儘管如此，我們還是維繫了二十多年。去年，妻子因病去世了。按理說，我應該從這椿不美滿的婚姻中解脫出來了，一個人自由自在、無牽無掛才對；但令我困惑的是，自從失去妻子之後，我突然產生了一種茫然若失的感覺，就像一個人在茫茫大霧或漫漫沙漠中迷失了方向那樣。

　　「怎麼搞的？我已經四十八歲了，年齡越大怎麼卻對生活越來越不理解了呢？」我總是暗暗地思索，但始終沒有想出明確的答案。

　　好了，我們還是回歸正題吧。我和妻子原本有幢房子。

妻子去世後，周圍的朋友和親人都勸我把房子賣掉，他們說我一個人住這幢房子太大了。結果我聽從了他們的勸告。說實在的，我現在對當初賣房子的決定感到很後悔。在此我也想給你一個忠告：遇事自己一定要有主見，千萬別光聽人家的意見。

賣了房子後，由於我們這個小鎮上沒有公寓出租，我就在喬治太太家租了房子。雖然租的那間房子很大，但我內心總有一股壓抑的感覺，所以覺得房子很小，住在裡面並不如意。我畢竟快五十歲的人了，不像你那樣年輕，因為年輕可以讓你擁有大量的時間，擁有未知的前途，所以你可以盡情地享受生活。而我所擁有的只是現在，並且生活中的未來對於我這般年紀的人來說，也已經逐漸變得黯淡了。

那天，我在路上遇到了麥爾肯，當時他提議我們一道去喝杯啤酒，吃頓飯，我愉快地應允了。為什麼呢？因為麥爾肯可是一位全鎮無人不曉的人物，他不僅是一位成功的農場主，而且還在鎮上開了一家農具代理店，180 公路靠近我們鎮這一段上唯一的加油站也是他家的。雖然他很有錢，但卻為人友善，從不張狂。

在我們邊喝酒邊聊天中，他很快就了解了我目前的憂鬱心情，對我說道：「你呀，真是個傻子，無論如何也不該聽別人的話把房子匆匆賣掉。」接著他又安慰我說，「如果你不介

意的話，我可以幫助你解決這個問題，雖然我會從中得到一點好處，但這絕不是我想幫你的初衷。」我很感興趣地聽著。

原來，在他的農場南面與郡省土地之間，有一塊一畝大的土地，地面上是一片樹林。他認為那個地方很理想，我可以建所房子開始新的生活，而且他還了解到，目前政府對這塊土地沒有什麼規劃。

儘管我覺得租住別人的房子並不如意，但是話又說回來，我現在是光棍一個，要房子又有什麼用呢？但麥爾肯的話很坦率：「你應該再找個女人，過正常的家庭生活。」

「找個女人？」自從妻子過世後，我還沒有考慮過這個問題，所以當麥爾肯提到時，我頓時臉紅了。

「找誰呢？」我不禁問他。

「哦，我們鎮上漂亮的女人多的是！」

「說說看？」

「約瑟芬不就很好嗎！」

「她？」

不管怎麼說，能有一所自己的房子是我最關心的事情。我們倆吃過飯後，趕在天黑前一起去看了那塊地。那個地方果然很美，地形有點像小山丘，地面上長滿了橡樹和野薔薇，正中間就是那一畝大的小塊空地，從路面向西還有一個

微微的斜坡。我高興極了，跪下來抓起一把土，我嗅到了泥土的芬芳，嗅到了春的氣息。我又慢慢地張開指縫，讓黝黑的土粒順著指縫緩緩落下，我彷彿看到了美好的希望。

「麥爾肯先生，請您說個合理的價格吧，我願意買下它。」我說。

麥爾肯說出了一個數目，於是我們就擊掌成交了。

其實，約瑟芬是有夫之婦，她的丈夫叫比爾。他們在鎮上開有一家小雜貨店，離警察局大約有半條街的樣子。店裡的東西很齊全，日用雜品應有盡有。雖說他們的小店不是餐廳也不外賣速食，但是人們可以在那裡弄到早餐吃，因此，每天早上當很多鎮民還未起床時，就有不少人擠進他們的小店了。

夏天還好一些，如果是在寒冬的早晨，大約五點鐘的時候，外面的天還是黑濛濛的，路上行人稀少，你就會看到他們家店的樓上的電燈亮了。緊接著樓下的窗玻璃也透出了燈光，那意味著他們已經起床了。此時他們正在往大咖啡壺裡倒水，為早上六點至八點半賣咖啡做準備。當然，他們除了賣咖啡之外，還賣奶油麵包或小餅一類的點心。

當外面天氣寒冷，天色還黑的時候，唯有那店裡透出的燈光，會讓人在寒冬裡有一種親切而溫暖的感覺。尤其是像我們做警察的，如果是巡邏一個通宵之後，或者是值通宵的

夜班，更願意在寒風中看到這溫暖的燈光。

不過，雖然這家小店的燈光讓人感到絲絲暖意，但這家的男主人比爾卻不是一個熱情友善的人。別看他外表長得不錯，又高又壯，有著一副寬寬的肩膀；但是他從來不笑，臉上總是有一種讓人捉摸不透的乖戾表情。

尤其是當他開口說話時，話語總是很生硬，一點也不和善。我猜測，或許是他僅靠那個小店過生活不怎麼如意，或許是他認為自己整天為那些並不比他強的人服務而感到厭惡，或許是……總之，這是一個令人討厭的人，不僅是我有這樣的看法，還有很多人也都這樣認為。俗話說，和氣生財嘛，更別說做生意了，可他怎麼就不明白這個道理呢？他的妻子約瑟芬倒是個人緣不錯的人，不僅人長得好，而且工作俐落，待人也和氣。

聽說比爾經常打她，不知是真是假。不過有一陣子她的確不在店裡，難道是他又打了她嗎？我的同事安東尼說：「有一天大半夜，我開車巡邏經過比爾家時，突然聽見約瑟芬的尖叫聲，於是我就下車去敲門，過了好長時間比爾才開門。我問他發生了什麼事，他說沒有。當我提出想和約瑟芬談談時，比爾先是說她已經睡了，不過很快他臉上又帶著一種異樣的表情說：『既然你不相信，那麼就請上樓吧。』他帶我來到樓上的臥室，我看見約瑟芬身上裹著床單，正低頭坐在床

上。看到我進來，她抬起頭問：『您有什麼事？』我說：『剛才我在外面巡邏時，聽到了妳的尖叫聲，所以我進來看一看。『啊，原來是這樣。我此前做了一個噩夢，大概是夢話吧！』聽她這樣一說，我只好離開了，既然她都沒說實話，我還能做些什麼呢？我記得臨出門時，比爾的臉上還是掛著那種乖戾的表情。」

自打聽安東尼說過這件事後，在很長的一段時間裡，我的腦海裡經常會浮現出約瑟芬裹著床單坐在床上的樣子。讓我想不明白的是，約瑟芬這麼一個好女人，不僅外表漂亮，而且為人善良、熱情、樂觀，比爾這個傢伙怎麼就忍心虐待她呢？我經常去她那裡買菸或是其他東西，每次她都是熱情打招呼。即使我妻子還活著的時候，我也常常去看她。不瞞你說，甚至有時我心中還想，上帝原諒我，如果我有這樣的妻子該多好！

不過，比爾在一天晚上不辭而別離家出走了，從此他就再也沒有露過面。

「大概是比爾棄她而去了。不過這樣也好，約瑟芬終於可以過舒心日子了。」很多人都認為她會高興，當然也替她高興。但從約瑟芬的表情看，她似乎並沒有多少喜悅，不僅情緒有些低落，甚至有時連生意也懶得打理。我記得安東尼說過：「她可能對發生的事情還不相信吧！」大概過了好長時

間，約瑟芬才逐步適應了丈夫棄她而去這個事實。

　　坦率地說，那個時候我也不理解這件事，經常想：「既然比爾對她那麼不好，他的離去應該是件好事呀。」然而現在我明白了，一個人不要期望一樁不美滿的婚姻結束後，事情馬上就會好轉，這需要有一個過程。

　　又過了一段時間後，約瑟芬的精神重新振作起來了。她的臉上不僅又像從前那樣充滿了微笑，而且還把店鋪的裡裡外外拾掇得乾乾淨淨。店裡經營的早餐品種也多了，除了麵包之外，又新添了醃肉和蛋。每天早晨，我和許多鎮民都習慣到她的店裡去吃早餐，總是把一個小店擠得滿滿的。

　　說實在的，聽麥爾肯提到約瑟芬，我心中不禁一動，因為約瑟芬的漂亮和善良我是知道的；只不過在麥爾肯沒有對我提起之前，我根本就沒有想過她是否會成為我的妻子。既然現在我的妻子已經故去，而約瑟芬的丈夫比爾也不在了，我們是否能結緣還真的可以考慮一下。看著眼前這麼一塊好地方，再想到我可以在這裡建一幢新房子，到時候約瑟芬作為我的妻子，在新房子裡細心地為我做醃肉和蛋，將她店鋪裡的事全然忘記，那該是多麼快樂的事啊！你看，我是不是有些想入非非了？

　　有意思的是，我對麥爾肯的話的最初反應卻是：有好一陣子都不去約瑟芬的店了。至於究竟為什麼，我也沒有仔細

考慮過原因，或許是我潛意識中不願意看見她伺候一群陌生的人吧，或許是還有其他的，不過，我內心還是始終惦記著她。

　　一天；我下班之後徒步經過她的店時，發現裡面只有約瑟芬一個人，於是我走進去對她說：「現在只有你和我在這裡，我們也都是單身，我，我想請你到約克鎮的紅磨坊酒店吃晚飯可以嗎？」「啊？好哇！」她很高興地答應了我。

　　約克鎮是我們鎮附近的一個鎮。其實，我不想在本鎮吃飯並不是想隱瞞什麼，只是想帶她到一個好的地方，並且在那裡不會遇到什麼熟人，我們可以輕鬆自由地聊天，增進彼此的了解。

　　我們的第一次約會是很愉快的，此後的約會地點大多也是在紅磨坊酒店那裡。還有普洛餐廳我們也去過，雖然它的等級不如紅磨坊的高，但那裡樸實、淡雅、安靜的氛圍讓我們很喜歡。普洛餐廳的客人始終不多，我對它如何維持經營下去總有些擔心。大概是身為警察的職業緣故，總會認為每件事都和自己有關，其實我也知道這是閒操心。

　　我這個人喜歡直來直去，心中有什麼就說什麼。在和約瑟芬約會時，我很快就問到她和比爾的婚姻問題：「你現在和比爾離婚了嗎？」「噢，我們正在申請之中。」她輕輕告訴我說。

在我們交往了兩個星期後，我就下定了決心，無論發生什麼事情，我都要娶約瑟芬為妻。還記得我向她求婚時，她並沒有顯出害羞的樣子或是委婉地拒絕，只是有點吃驚：「難道你是要娶我嗎？那，那麼好吧！」當我聽到這句話的時候，心裡充滿了幸福，那真是一個令人難忘的美妙時刻。

本來我想把建新房的事也告訴她，但後來還是隻字未提，因為我想給她一個驚喜。另外，我也想驗證一下她願意嫁的是我這個人還是我的財產。我當然希望她很樸實，是喜歡我這個人了。

約瑟芬答應我的求婚後，眼中的淚水順著面頰撲簌簌地落下，我忙問道：「親愛的，妳怎麼了？」「沒什麼，我只是感到十分快樂！」她邊抽泣邊微笑著說。「相信我，我會讓你永遠快樂的！」我將雙手伸過去，緊緊地抓住了她的手。在那一瞬間，我發現自己找到了真愛。

我看著還在哽咽的約瑟芬，心裡暗暗地發誓：「我絕不能讓她受到一丁點委屈，我要加倍珍愛她。」

前面我已經說過，約瑟芬是個漂亮的女人。想必你也很想知道她究竟長得什麼模樣吧？她的個頭在女子中屬於中等偏上，如果站在一起剛好到我肩膀。她有著一副苗條的身材，儘管有衣服包裹，但優美的曲線仍然清晰可見；她的皮膚是奶油色的，一雙大眼睛清澈而明亮；她的頭上飄逸著一

襲長髮，那顏色是褐色帶紅的，而且還有些發亮。

　　自從和約瑟芬相處後，我感到每天的日子都很快樂。隨著春天的腳步漸漸臨近，白天逐漸長了起來。這些天，我因約瑟芬不在身邊而感到無聊時，就會在黃昏前後去那塊地看看，那也是一種美妙的享受。我看到，地裡野薔薇的花蕾已經開始慢慢長大，而那些橡樹似乎還是老樣子，就像冬天永遠不會過去一樣。

　　快到五月分了，天氣已經很暖和了，我也該為平整那塊地做些準備了。五月一日那天，我從麥爾肯那裡租了一部挖土機，因為建造房子需要運輸木料和石頭等，我必須要開出一條車道直通外面的公路才行。當我來到那塊地時，發現麥爾肯早就把機器送到了，而且是照我的意思把它開到了空地的旁邊，這樣就不會傷及任何一棵樹，雖然碰斷了一些枝幹，但這都無所謂，因為我開通車道時也是避免不了要碰斷一些樹枝的。

　　明天是約瑟芬的生日，我打算把這件事作為送給她最好的生日禮物，甚至我還想像著她會有怎樣驚喜的樣子。

　　第二天，我仍像往常一樣去接她：「親愛的，我們今天去哪裡？是上紅磨坊還是到別的地方？」

　　「隨你的便，去哪裡都行。」她說道。

　　「不行，我一定要聽妳的意見。」我堅持著。

「那麼就去紅磨坊好了,」她說完之後,突然問我,「你這車是往哪裡開呀,怎麼朝著紅磨坊相反的方向呢?」

我微微一笑,說:「今天我要帶妳去看一樣東西,那是我送給妳的生日禮物。」

「禮物?」頓時她的兩眼睜大了。

「嗯,我想你一定喜歡在紅盒子裡找個胸針或是小手鍊那類東西吧?」我繼續不緊不慢地說。

「不,」她搖著頭,「有你在我身邊,我現在已經很滿足了,我不知道自己想找什麼,也不需要什麼,真的。」

望著約瑟芬滿臉幸福的樣子,我大聲地說:「聽著,我要給你建一幢新房子!會讓妳更快樂的。」

約瑟芬顯然被我的話弄糊塗了,只見她張大嘴巴,兩眼閃動:「你……你剛才說什麼?」

「好,好,別緊張,聽我慢慢說,我從麥爾肯那裡買了一塊地。那可是方圓二十里內最好的土地,那裡有野薔薇,還有許多橡樹,我要在那塊土地上建造一個新的家!」

約瑟芬總算聽明白了,她興奮地張開雙臂,緊緊地抱住我,熱烈地吻著我的臉頰,女人身上那股氣息直入我的心田。「嘿,嘿,別忘了我正在開車!」我輕輕地告誡她。

她這才鬆開手臂,端坐在自己的位子上,但仍把一隻手

輕輕搭在我的肩上，那樣子就像生怕我跑了似的。

過了一會，她問道：「你說的那塊地在哪裡？」

「快了，一會妳就能看見了。」

「剛才你說那裡有橡樹和野薔薇，是嗎？」

「那當然，全是橡樹和野薔薇。我昨天又仔細看過了，至少有一百棵野薔薇含苞欲放。」

「哦。」

「方圓二十里內部找不到這樣風景優美的地方，這是唯一的真正林地。」我禁不住嘖嘖讚嘆著。

她沉默了。大約一分鐘後，她將搭在我肩上的手悄悄地手抽回去，將臉扭向一邊，獨自注視著車窗外的景色，而且這種姿勢保持了很長時間，好像生怕我看見她的臉一樣。

過了一會，快到那塊地了，我停下車。「你看，那裡有一部挖土機。」她說這話時的聲音顯得怪怪的，那腔調就像她是比爾太太時一樣壓抑。

我先下了車，然後繞過車身去為她開車門，「你幹什麼？」她沒頭沒腦地問了我一句。

「到地方了，快下來吧！」不知怎麼搞的，我這時顯得有些煩躁，但她還在座位上沒有動彈。

「妳剛才看到挖土機了吧？我們要造房子的地方就是那裡，

就在那個小空地的中央。妳看，這裡的樹多多呀！如果我們不想砍樹的話，就一棵也不要動，房子被樹木環繞著，就像是一座小小的私人城堡。我們倆就是城堡的主人，那多愜意！」說著，我伸出手向她比劃著，「這一邊是麥爾肯的農場，那一邊是政府的土地，我們倆就是中間這一小片土地的主人了。」

這時她才慢慢地下車，站在我身邊。在樹蔭下，我發現她的臉色很蒼白。「莫不是有些暈車？」還有她的那雙大眼睛，那目光顯得迷離費解，至今讓我難以忘記。還有她的手，似乎也在微微發抖。「你怎麼了，約瑟芬？」我攙住她的手說。「我是太激動了，因為這一切來得太突然了。」她的氣息有點急促，「這裡真的很美，我很感激你。」她又深深地吸了一口氣說。

「好了，我們走吧！」我們順著挖土機壓過的矮樹叢走著。就當我們快要接近中間的空地時，約瑟芬卻癱軟在了我的身旁。開始我以為她是被樹根絆倒了，但又不像，因為她倒的速度不快，是慢慢地倒下去的。只見她半跪在地上，頭也垂了下來，嘴裡似乎還在喃喃地唸著什麼。我心裡一陣緊張，趕快伏下身摸摸她的額頭，是潮溼的、冰冷的。

「約瑟芬，妳怎麼了？妳在說什麼？」

「哦，對不起，真的對不起！」

「沒什麼。」

「是我掃了你的興。」

「沒關係。」

「哦，不，不。」

「妳是不是病了？」

「我，哦，你還是帶我回家吧。」

我很擔心約瑟芬的身體，於是就開車帶她回家了。可是到了她家門口，她卻堅持不讓我送上樓。「謝謝你，我早點上床休息，明天就會好的。」她說。

既然她一再堅持，我也就不好說什麼了，向她道了晚安之後我就離開了。走在回家的路上，我的心中仍有些不安，覺得她這一整天都怪怪的，但是又沒有合理的解釋。或許是生日的緣故？或許是懷孕了？！哎呀，如果真是這樣，那會是個什麼感覺，難道我這個年過半百的人要做父親了！既然我們兩情相悅，再說，她說自己已經拿到了離婚證，跟前夫已經沒有任何關係了，這又有何不可呢？只要我們快點結婚，懷孕生子就是很正常的了，也不至於被別人笑話。想來想去，其實我並不在乎什麼，只不過是擔心她而已。

第二天，鎮上唯一的中學發生了嚴重的暴力事件。校長大發雷霆，我作為警察必須要在場，根本無法脫身，所以就沒有時間打電話給約瑟芬。現在想來這是一件很糟糕的事情，可是我又不能埋怨校長。

我從白天開始，一直到晚上八點多鐘才處理完公務。到了九點鐘，我才得空去她的住所。來到門口，我看見她家的燈全黑著，猜想她已經休息了，所以我不想再打擾她。可是，我的內心始終不安，總隱隱約約地擔憂著什麼。她那麼早就上床休息，是不是她的身體還沒有康復呢？但願她明天早上會好起來。帶著對她的祝願，我默默地離開了。

　　第二天一大早，我又來到她家。只見店門緊閉，燈也沒開。我真有點不放心了，就嘭嘭嘭地猛敲了一陣門。裡面沒有任何動靜，我還想繼續敲，但又怕太引人注意，只好不情願地離開了。

　　我覺得那一天的時間過得非常慢，簡直就像度日如年一樣。我離開約瑟芬家後駕車走的那條路，也是我和她常去紅磨坊酒店的那條路，在這條路上，曾經發生過一起惡性事件：有一位老婦人被歹徒毆打致死，歹徒將她身上的錢財劫掠一空後，竟然殘忍地把她的屍體拋在小鎮的路上。所以，當我再次走在那條路上時，心中十分痛苦。我想，今後除非是公務，否則我絕不會開車再走這條路了。

　　晚上，當我下班回到住處後，才看到約瑟芬留給我的一封信。

　　我迫不及待地打開信，只見信紙上還有淚水滴過的痕跡。她寫道：

「我的心碎了……我已經走了，那與你無關，我只希望你不要太難過。我們相處以來，你讓我感受到從未有過的關愛和溫暖，謝謝你！可是，可是我們是不會有結果的。儘管我很留戀這個世界，留戀你，但是我不能再說什麼了。冰箱裡還有牛奶、雞蛋和半條大香腸，請你在沒壞之前把它們送給窮人，或者是送到鎮上的修女院去，希望你不要介意我的請求。別了，我會永遠把你珍藏在我心裡。」

「約瑟芬，約瑟芬！」我不禁哽咽了。她最後的一句話深深地打動了我的心，但我相信那是她的真心話。

看完她的信，我一夜都沒有闔眼，內心痛苦極了。第二天天剛曚曚亮，我就駕車去了那塊該詛咒的土地。

我爬上挖土機，開始在空地上掘來撞去，來來回回開了二十六次。儘管我沒有在意我一直在數數，那勁頭就像要挖出一個地下室那樣。「土裡有一樣東西！」我趕緊從挖土機上跳下來，上前仔細觀看。只見一條大腿從土裡露了出來，「是馬的骨頭？！是狗的骨頭？！是林中某種野生動物的骨頭？！不，都不是，那是比爾的！」

我又爬上挖土機，先把那東西推回坑裡，再把土坑邊的泥土全都扒回去，填平了坑，最後又把矮樹枝和樹葉鋪在上面。我做這些時似乎花費了很長的時間。我始終很冷靜，心中對那個男人充滿了恨意和憐憫。不過與約瑟芬相比，她對

他的怨恨肯定更強烈一些，不然她怎麼會做出如此極端的事呢？

一切都結束了。

我先把挖土機開上公路停好，然後又返回去開我的汽車。這片曾讓我充滿期待和幸福的土地，如今已變得令人苦惱和不堪回首。滿地的野薔薇已經盛開了吧？但我沒有回去看看；橡樹的葉子該飄落了吧？但我也沒有回去看看。

「這塊地我該怎麼處理呢？出售？不行！因為別人也會挖掘那個地方。天啊，我上次是挖出了一條大腿，誰知道他們還會挖出什麼！興許會是一個有子彈洞的頭骨。」此後我再也沒去看那個地方。

「喂，你的房子怎麼還不蓋呀？」有一次麥爾肯碰到我時說。

「哦，我不打算在那裡建了。」

「那是個美麗的地方，真遺憾！」他搖頭嘆息說。

是呀，但那不是個快樂的地方。

第三通電話

今天下午一點二十分的時候，我在一座加油站的公用電話亭撥通了斯蒂文森中學校長莫里森先生的電話。

我用手帕捂住話筒，對莫里森說：「我沒有和你開玩笑，十五分鐘之內，一個炸彈將在你的學校裡爆炸。」

莫里森在電話那頭沉默了幾秒鐘，然後怒氣沖沖地問：「你是誰？」

「我是誰並不重要，我只要你知道，一個炸彈將在十五分鐘之內爆炸。」

說完，我結束通話電話。

我從電話亭走了出來，橫穿過馬路，回到我工作的警察局，乘電梯來到三樓的值班室。當我走進值班室時，恰好看見我的搭檔彼得·托格森剛剛掛上電話。

「你來得正巧。」他抬起頭對我說：「已經是第三通電話了，剛剛斯蒂文森中學又接到了那種恐嚇電話，莫里森校長又把全校的師生都撤出來了。」

「聯繫排爆小組了嗎？」

「我馬上聯繫。」說完，彼得·托格森撥通了 121 房間的電話，將情況向他們作了彙報。

斯蒂文森中學共有 1,800 名學生。當我帶著警員到達學校時，1,800 名學生都在老師的帶領下被疏散到了校園裡。在

前兩次接到恐嚇電話的時候，學校老師曾經問過我，遇到這種事情該怎麼辦。我教他們，要把學生們迅速疏散到離大樓至少二百英呎外的地方。看來，這次他們照我說的做了。

莫里森校長看見我們到來，便從人群中朝我們走了過來。莫里森校長身材高大，頭髮灰白，鼻梁上架著一副無邊眼鏡。他說：「恐嚇電話是一點二十分整打來的。」

就在我向莫里森校長了解情況之時，排爆小組和另兩個小組也趕到了校園。

在鐵絲圍欄後面，我的兒子大衛和他的五六個同學趴那裡朝這邊張望。彼得對孩子們笑了笑，問莫里森校長：「你認識他們嗎？」

顯得非常疲倦的莫里森笑了笑：「不認識，在這裡，我比任何一位老師認識的學生都少。」

彼得點著一根雪茄，寬慰我說：「吉姆，別擔心了，排爆小組來了，這事馬上就要解決了。

我苦笑著說：「但願吧，我不想看到任何一個孩子因此而牽涉其中。」

在排爆小組處理現場的當口，我們驅車前往貝恩斯家。他們家住在一棟兩層樓高的房子裡，那是一棟普通的住宅，和街區裡的其他住宅沒什麼區別。

開門的是貝恩斯先生，他的個子很高，眼睛是藍色的。

他打開房門一看到是我們，臉上的笑容頓時僵住了。「怎麼又是你們？」他不耐煩地說。

「我們想跟你兒子談談。」彼得說，「聽學校的老師說，萊斯特今天沒有去上學，他生病了嗎？」

貝恩斯的眼睛閃了一下，說：「你們找他談什麼？」

彼得淡淡地一笑：「和我們上次來的原因一樣。」

貝恩斯不情願地將門打開一條縫，讓我們進屋去。「萊斯特去藥店了，他等等就回來。」貝恩斯先生說。

彼得逕自走到長沙發邊，坐下，說道：「出去了？他不是生病了嗎？」

貝恩斯連忙解釋說：「他確實感冒了，所以我讓他向學校請假了。但是他的感冒並不太嚴重，所以當他要去藥店買瓶可樂時，我就答應了。」

彼得的態度很和氣，問道：「今天上午十點半時，你的兒子在哪裡？」

「他在家裡沒有離開一步。」貝恩斯說，「那通電話絕對不會是他打的。」

「你能肯定？」

「能，因為今天我休息在家，所以，我一整天都在這裡。」

「你妻子在哪裡？」

「現在她去商店買東西了。但上午十點半時她在家裡，她也能證明萊斯特沒有打過任何電話。」

彼得笑了一下，說：「但願你說的是真的。那麼，請問萊斯特在一點二十分的時候在哪裡？」

「他在家裡。」貝恩斯說，「這一點我和我妻子都能作證。」說完，貝恩斯又皺起眉頭說：「難道今天學校接到了兩個恐嚇電話？」彼得點點頭。

我們一起坐在客廳裡等著萊斯特回來。在這段時間裡，貝恩斯顯得如坐針氈，不安地在椅子上扭來扭去。最後，他忍不住了，站起身來說：「我離開一下，我去樓上看看窗戶關了沒有。」彼得注視著他離開客廳，然後轉過頭來對我說：「吉姆，待會你不要開腔，就讓我一個人問就行了。」

「好的，彼得，這種小事用不著我出馬。」他慢悠悠地點著一支雪茄，胸有成竹地說：「好啦，這事馬上就要有結果了。」說完，他輕輕地拿起放在身旁桌子上的電話，湊在耳邊聽著。他的臉上慢慢地露出了笑容。過了一會，他用手捂著話筒，悄悄對我說：「你猜貝恩斯現在正在做什麼？他在樓上的房間裡，正用電話分機到處打電話找他的兒子。他根本就不知道萊斯特去哪裡了，什麼去藥店，全是瞎編的！」

說完，彼得又把電話湊到耳朵上去偷聽。聽了一會，他

微微一笑，低聲對我說：「現在他正在跟妻子通電話。她妻子正在超市。他告訴妻子說我們到家裡來調查，他要妻子回來以後一口咬定說萊斯特整天都在家，沒打過電話。」

我站起來，走到窗前，向窗外望去，剛好看到一個金髮少年向這裡走來。

彼得也看到了那孩子，他趕緊放下電話，對我說：「那孩子就是萊斯特，我們趕緊到門口截住他，在他父親下樓之前盤問他。」

我們趕緊迎到門口，萊斯特‧貝恩斯正好推門進來，差點和我們撞了個滿懷。只見這個孩子的身上晒得紅撲撲的，腋下夾著一條捲起的浴巾。他一看到是我們，臉上的笑容頓時僵住了。

「萊斯特，今天你去哪裡了？」彼得問，「我們知道你今天沒去學校。」

萊斯特嚥了口唾沫：「今天我生病了，所以我請假在家休息，沒有去上學。」

彼得指指他腋下的浴巾：「那裡面是什麼？該不會是游泳褲吧？」

萊斯特的臉刷地一下紅了，他結結巴巴地說：「呃……早上起來確實感覺不舒服，不過到了上午九點左右，我覺得又好了。

「可能我沒有感冒吧，也許我只是有一點點受涼，起床後不久就好了。」萊斯特深吸了一口氣，解釋說，「於是我決定去游泳，來個日光浴。」

「你遊了一整天？你不覺得餓？」

「我帶了幾個漢堡包去。」

「你跟誰一起去的？」

「沒別人，就我自己。」他緊張不安地搓著雙手，「是不是又有人打恐嚇電話了？」

彼得笑笑：「如果你覺得自己沒有病了，為什麼下午不去上學呢？」

萊斯特低著頭，雙手把浴巾的一角揉來揉去：「本來想下午去學校的，但我游過頭了，忘記了時間。等我想起這回事時，已經過了一點鐘，就算去也來不及了。」隨後他又小聲補充了一句，「所以我決定游一天泳。」

「可是，如果你本來只想游一個上午，那你為什麼要帶著漢堡包呢？」

「這……」萊斯特被問住了。他漲紅了臉，憋了半天，終於吐露了實話，「今天我沒有感冒。因為今天我不想去學校，今天早晨考公民課，下午要考歷史課，而我沒有複習好。所以，我想如果我今天晚上突擊複習一下，明天再參加補考，就一定能透過。這事我也不敢告訴我媽媽和爸爸。」

這時，傳來了下樓的聲音，是貝恩斯先生。貝恩斯走到一樓，看到我們正在和他兒子交談，就急忙趕過來說：「萊斯特，什麼也別跟他們說，讓我跟他們解釋。」

「太晚了！」彼得說，「剛才你兒子已經承認，今天他沒有待在家裡。」

萊斯特驚慌地說：「你們難道以為那些電話是我打的？我發誓，那真不是我打的！」

貝恩斯走到他兒子身邊：「為什麼老找萊斯特的麻煩？」

「我們並沒有故意找麻煩，」彼得說，「但據我們推斷，那種電話是一個學生打的。可是，打電話的時間正是學校上課的時間。所以我們有理由相信，打電話的一定是一個缺勤的學生。」

貝恩斯卻反駁道：「你怎麼就知道是萊斯特打的？我敢肯定，萊斯特絕對不是今天唯一缺勤的學生。」

「這一點我承認。」但彼得他繼續說道，「第一個恐嚇電話在十八天之前打來。當時我們查閱了斯蒂文森中學的出勤紀錄，那天有九十六個學生缺勤，其中六十二個是男生。後來我們和所有的缺勤男生都談了話，這其中也有你的兒子。那天，你兒子缺勤的原因是他感冒了正在家裡休息。而那天你在上班，你妻子因為參加朋友的生日聚會也不在家，只有你兒子一人在家。但是，你兒子否認他打過電話。所以，那

一次我們只能作罷。」

萊斯特急忙向他父親解釋說：「爸爸，我沒有打過那種電話，我不會做那種事的。」

貝恩斯看了他一眼，然後轉過頭盯著我們，臉上什麼表情都沒有。

彼得繼續說：「今天上午十點半，我們接到了第二個恐嚇電話。我們又檢查了出勤紀錄，發現只有三個男孩在這次和第一次都缺勤──其中也包括你兒子。」

貝恩斯說：「那也不能證明就是我兒子打的，那兩個男孩你們查過嗎？」

「你說得對，就在我們正要去查時，今天下午又接到了第三通電話。這反倒幫我們縮小了調查範圍，因為根據出勤紀錄的結果顯示：三個嫌疑人中的一個下午回學校上學了，所以不可能是他打的電話。」

「那另一個男孩呢？」貝恩斯問。

「他住院了。」

貝恩斯馬上反駁說：「醫院也有電話啊。」

彼得早料到他有此反應，微微一笑，說道：「那孩子上個週末和他父母到其他州去玩時，得了猩紅熱。他住在當地的醫院裡，距離這裡有五百英哩。而我們接到的幾個恐嚇電

話全是當地的號碼，所以他也被排除了。」

貝恩斯臉色陰沉地轉向了他的兒子。萊斯特的臉刷地一下就白了：「爸爸，你要相信我，我從來不對你撒謊的。」

「你當然沒有撒過謊，兒子，可是……」顯然，貝恩斯臉上露出了懷疑的神色。

就在這時，房門開了，走進來了一個棕色頭髮的女人。她臉色蒼白，但態度堅決，她停下喘了口氣。

「警官先生，今天我剛去超市買了點東西，其他時間我都待在家裡，所以我知道萊斯特的行蹤。」

「媽媽。」萊斯特可憐巴巴地說，「別對他們解釋了，剛才我向他們承認了我今天逃學的事了。

萊斯特的媽媽也呆住了。彼得伸手拿起他的帽子：「我建議今天晚上你們夫婦好好和你們的兒子談談，我相信這樣對誰都好。」說完，他在桌子上留下一張名片，「明天早晨十點，希望你們三個人都到警察局來。」

彼得和我走出貝恩斯的家後，我們開著車離開。他說：「現在就看貝恩斯夫婦的態度了，如果他們死不承認，繼續包庇他們的兒子，那這件事就有點棘手了。」

「會不會有這樣一種可能，比如校外的人打的電話呢？」

「但願如此吧，但事實上，這種事情，百分之九十九的可

能是學生的惡作劇。」

彼得嘆了口氣說：「這是我最不希望看到的結果。炸彈恐嚇電話已經很嚴重了，但對那個家庭來說，麻煩可就更大了。」

回到警察局後，我繼續工作到下午五點。回到家裡時，已經是五點半了。

我妻子諾娜正在廚房做晚飯，她一邊切菜一邊說：「我從報紙上看到，今天上午斯蒂文森中學又接到一個恐嚇電話。」

我親吻她：「妳只說對了一半，今天下午又接到一個，只是報紙來不及登。」

她揭開鍋蓋：「打電話的人查到了嗎？」我猶豫了幾秒鐘，回答說：「是的，我想，我們已經找到了嫌疑人。」

「是誰啊？」

「萊斯特‧貝恩斯，是斯蒂文森中學的一個學生。」

她臉上露出憐憫的神色：「我不明白，他為什麼要這樣做呢？」

「我不知道。雖然我們找到了他，並且通知了他的家人，但到現在為止，他還沒有承認是他做的。」

她仔細打量著我：「吉姆，今天你看上去氣色不是很好，

這種事是不是讓你也很煩擾？」

「是的，我心裡也感到非常煩擾。」

她的眼睛中流露出關切之情，她微微一笑，說：「再過一會晚飯就做好了，你去叫一下大衛吧，他在車庫裡修車呢。」

當我在車庫找到大衛的時候，他正把化油器拆卸下來。聽到我進來，他抬起頭說：「你好，爸爸。你看起來很疲倦。」

「今天很累。」

「發現打電話的人了嗎？」

「我認為我們發現了。」

大衛眨了眨灰色的眼睛，皺著眉頭說：「是誰打的？」

「一個叫萊斯特·貝恩斯的男孩，也是你們學校的。你知道這個人嗎？」

大衛的眼神有些發直，他盯著面前的汽車零件回答說：「知道。」

「他這個人怎麼樣？」

大衛聳聳肩：「我和他只是普通關係，看起來應該是個比較老實的人。」他皺著眉頭說：「難道他承認了電話是他打的？」

「沒有。」

大衛一邊拿起一個螺絲刀，一邊順口問道：「那你們怎麼查到他的？」

　　於是我就把下午的調查情況和他講了一遍。大衛聽得入了神，螺絲似乎都不會擰了：「那他這次要惹上大麻煩了，是不是？」

　　「看來是這樣的。」

　　「他會受到什麼處罰呢？」

　　「這要看如何對他這種恐嚇行為的認定了。但我覺得，他沒有前科，又是未成年人，應該會被從輕發落吧。」

　　大衛想了想，說：「可能他只是想開個玩笑吧。我的意思是說，他打這種電話只不過是讓學校停了一會課，又沒有人受到傷害。」

　　「你太小看這件事的嚴重性了，」我說，「如果人們不是有秩序地撤離教學樓，而是驚慌失措，那很多人就可能受到傷害，這可不是開玩笑。」

　　大衛仍然固執地辯解：「我們曾經做過火災疏散演習，我認為，不會有問題的。」

　　是的，我就是因為知道這一點，才敢打電話的。

　　大衛放下他的螺絲刀：「那麼，你真的確定是萊斯特打的嗎？」

「他的嫌疑很大。」

因為我心裡清楚，前兩通電話有可能是萊斯特‧貝恩斯打的，但今天下午的第三通電話則是我打的。

大衛沉默了一會說：「爸爸，當學校接到第一個恐嚇電話時，你找所有缺勤的學生談過嗎？」

「我沒有親自和他們談話，但我的同事找他們談過。」

大衛咧嘴一笑：「爸爸，那天我也是缺勤的學生之一，不過沒有人找我談話。」

「我想，那完全是不必要的，兒子。」

那種事情，別人的孩子可能會做，但我的孩子做不出來。而現在我等著他說下去。

大衛吞吞吐吐地說：「今天早晨我也缺勤了。」

「是的，這我知道。」我說。

他盯著我的眼睛：「那你們最後追查到幾個學生的身上？」

「我們調查了今天的缺勤紀錄，有三個學生今天缺勤了，」我說，「但我們深入調查之後發現，其中一個人因為生病住進了另外一個州的醫院裡，他沒有條件打這種電話。」我打量著大衛：「那就只剩下兩個嫌疑人了，萊斯特‧貝恩斯 —— 還有你。」

大衛勉強地擠出一絲笑容：「看來我很幸運，今天下午第三通電話打到學校時，我恰好回學校去上課了，那倒楣的萊斯特嫌疑就最大了，是嗎？」

　　「是的，他的確很倒楣。」

　　大衛舔舔嘴唇：「萊斯特的父親是什麼觀點，他肯定會支持他的兒子，是嗎？」

　　「當然，這是做父親的本能。」

　　大衛的額頭上似乎冒出了細密的汗珠。他沉默不語，擺弄一會化油器。然後，然後他嘆了口氣，抬頭盯著我的眼睛說：「爸爸，你們冤枉了萊斯特，明天應該去警察局的是我，因為那些電話是我打的。」他深深地吸了一口氣，「其實我本想嚇唬嚇唬大家，只是開玩笑，沒想到造成那麼大的後果。」

　　儘管大衛的話是我最不想聽到的，但我還是感到非常驕傲——因為我的兒子是誠實的，他不願別人因他而受到冤枉。

　　「但是，爸爸。我只打了前二通電話，今天下午那通電話不是我打的。」

　　「這我知道，第三通電話是我打的。」

　　他的眼睛瞪得大大的，然後他恍然大悟。「你是為了保護我？」

我疲倦地笑笑：「我也知道做這種事是不對的。但是，當兒子深陷其中時，作為父親，我也很難保持清醒的頭腦。其實，我真的希望那個人不是你，而是萊斯特。」

大衛用破布擦擦手，沉默了。

「我想我應該主動坦白，說那三通電話都是我打的，爸爸，」大衛說，「我不能把你也牽連進去。」

我搖搖頭：「謝謝，兒子，你不必這樣做，我會向他們和盤托出的。」

當大衛看著我時，我覺得他也為我感到驕傲。

「你媽媽把晚飯做好了，我們先吃晚飯吧，」我說，「然後我打電話給萊斯特的父親解釋事情的真相。」

「晚飯晚點吃並不重要，」大衛咧嘴一笑，「可這事對萊斯特一家可是關係重大啊。」

「你說得對，我親愛的兒子！」

一回到屋裡，我就打了電話。

猩猩的悲劇

斯格瑞伯是一個經驗豐富的野生生物學家，很多人曾告訴我，他能聽懂野生動物的語言。可那天夜裡聽到他講述的一切，才讓我明白真正的動物語言是要用心去聽的，也讓我明白動物具有令人嘆為觀止的模仿能力。

那是一個月光皎潔的夜晚，斯格瑞伯正坐在小院裡的躺椅上納涼。由於年齡的增長，他的身體有些發福，頭髮也變得稀疏起來。不過，他那雙眼睛還是炯炯有神的。此刻，他正望著院外黑漆漆的叢林，雙耳也在不停地收集著四周傳來的聲響。這個小院坐落在叢林邊上，門口有一條羊腸小路通向叢林中，小路兩旁插著一排柵欄，象徵著這裡是人類的領地。斯格瑞伯平時就住在這個小院裡。

我從屋裡走到院子裡，見他正在凝神注視著叢林的深處，我輕輕地問：「斯格瑞伯先生，有什麼事嗎？」

「沒什麼，只是……我彷彿聽到了什麼。」斯格瑞伯小聲說。之後，他眉頭緊皺，眼睛眯成了一條線。我注意到他全身的肌肉已經繃緊，雖然身體還在躺椅裡，但卻蓄勢待發，作好了隨時攻擊的準備。

突然，他從躺椅中一躍而起，奔向門口的那條小路，身後的躺椅也被他那巨大的反彈力弄得搖晃不已。我的目光向小路移去，只見一條細長的黑影在月光下正穿過小路。

「終於逮住你了！」斯格瑞伯大叫一聲。「是一條該死的

紅斑蛇，這已經是牠第二次從籠子裡逃走了。」他捏著那條黑影的頭，向屋內走去。

過了一會，他從屋子裡出來，又一屁股坐在躺椅裡。

「難道你預先知道那條紅斑蛇要經過小路？」

我好奇地問。

「你說得太玄了，我怎麼會有那種神祕的能力？」生物學家笑著說，「我只是覺得情況不太對頭。當紅斑蛇從籠子裡逃走的一瞬間，牠使周圍變得沉寂起來。許多生物，如青蛙、田鼠、昆蟲，還有我飼養的那些動物們都停止了鳴叫 —— 許多不該沉寂的聲音在此刻都沉寂了。現在，紅斑蛇被捉住了，這些聲音又回來了。你仔細聽一聽。」

我側耳一聽，果然聽見斯格瑞伯的飼養室裡傳來一種奇異的嗡嗡聲。這是他飼養的動物們發出的種種聲響，比如長臂猿的酣睡聲、靈貓的呼嚕聲……這些聲音的節奏很神祕，彷彿周圍的叢林都在傾聽。

「現在這些動物都恢復常態了。」斯格瑞伯自言自語地說，「剛才牠們是一片寂靜。」

「可是，那些動物們怎麼知道紅斑蛇逃出籠子了呢？」我問，「那條蛇幾乎沒有發出任何聲響，又隱藏在暗影中。」

生物學家笑了。我被他的笑弄得心裡有些發毛，心裡想：「他一定是認為我的問題太幼稚、太天真了。」

「動物們怎麼知道的？」他開口說道，「你知道嗎？長臂猿可以從自己體內的新陳代謝和血液循環中感受到這一點，這是牠們的本能。草叢裡的青蛙、田鼠和昆蟲也有這種本能。當牠們預感到天敵來襲時，會立即停止叫聲、保持安靜，同時，牠們還會透過特殊的途徑向周圍的同類求救或示警。至於黑暗，對習慣於夜行的生物來說絕不是問題。這些夜行生物身上的每一塊皮膚都是眼睛，每一個毛孔和細胞都能獲取外界資訊，這是它們賴以生存的手段，否則牠們就會被大自然無情地淘汰。其實，剛才我正在回味年輕時的一場籃球賽，但是我突然感覺到黑猴叫聲的微妙變化，於是我才意識到，一定是發生了某件不同尋常的事。」

　　聽完斯格瑞伯的長篇大論，我不禁打從心底佩服他，但我心中仍然有許多問號。我看了一眼斯格瑞伯飼養室裡那一排排的獸籠，心裡湧現出一種不舒服的感覺。院外叢林中，風吹樹搖，傳來一陣陣野獸的嚎叫聲，爬蟲的嘶鳴聲，昆蟲的鳴叫聲。在黑夜中，聽起來令人毛骨悚然，但我也深知，那叢林對野生動物而言，才是自由的世界。

　　「你把那些原本應該生活在叢林裡的動物囚禁在這裡，這對牠們來說，是不是有些太殘酷？」我試探著問。

　　斯格瑞伯笑而不語。我則默默地等著他的回答。又是三分鐘熱風吹過，叢林的植物發出沙沙的聲響。

「恰恰相反，這是對牠們的仁慈。」斯格瑞伯慢條斯理地回答說，「在我們眼前的叢林裡，動物們為了生存，相互殺戮和捕食。」說著，他抬起手，指向院外那片黑漆漆的叢林，「你知道嗎？那裡對動物來說非常危險，處處都暗藏殺機。而在我的飼養室，雖然牠們失去了自由，卻得到了安全的生活環境和充足的食物，這難道不好嗎？剛才那條紅斑蛇逃出籠子，其餘的動物是多麼驚恐。尤其是那隻黑猴，牠剛剛產下一個幼崽，所以牠最為害怕。在這偌大的叢林裡，那些老弱病殘的生物是很難一直活到自然死亡的 —— 牠們往往成為天敵的食物。上次我去愛丁堡的動物園，我還見到了一隻灰尾猴。牠只有一隻耳朵，那是我五年前捕獲並贈送給動物園的。我在想，如果我當時沒有把牠帶到動物園，而是任由牠留在叢林裡，牠還能活五年嗎？我不敢保證。」

飼養室裡不斷傳出動物的聲音，彷彿整個叢林都在傾聽。

「再者說，如果善待這些動物，那麼把牠們養在籠子裡，也不是一件壞事。」生物學家繼續說，「你說，牠們有什麼地方沒有被善待呢？」

我無言以對。斯格瑞伯說得很對，他為這些動物提供了充足的食物，提供了保障生命安全的庇護所。在這裡，像初生的黑猴幼崽這樣的小動物也不會受到任何敵人的侵襲。

現在，斯格瑞伯一口接一口地吸著菸，眼睛直直地盯著叢林，彷彿又陷入到回憶中去了。

「研究動物的人對待動物通常很友善，就像研究花的人對花很友善一樣。至今，我還沒見過哪個動物學家對動物不好呢！」他輕輕地說。說到這裡，他忽然停下來，用力咳了兩聲，似乎在他的腦海裡勾起了對某件往事的回憶，而且是一件令人恐懼的往事。

「不，只有一個例外！」他若有所思地說，「我認識一個對動物不好的人。」

「哦？你還認識這樣的人？」我好奇地問。

「你想聽關於他的故事嗎？」

我頓時來了精神，趕緊說：「你快講給我聽吧！」

於是，斯格瑞伯就打開了他的話匣子。

我說的那個人叫萊森 —— 皮爾・萊森。那是很多年前的事了，當時我第一次到亞馬遜河流域進行考察，與我同行的有福伯格，以及我剛才提到的皮爾・萊森。

皮爾・萊森雖然號稱是個生物學家，但他根本不夠格。我的意思是說，他的心思完全不在科學研究上，他總是挖空心思思索如何賺大錢 —— 這樣的人是不配當生物學家的。要想成為一個合格的生物學家，需要將全部的靈魂和思想都獻給科學研究事業。而在皮爾・萊森的心中，充滿了金錢的

銅臭，充斥著抱怨和不滿。在工作中是不應該這樣的，絕不應該！

有一天，我划著小舟順流而下來到萊森的營地，他拿出一張《巴黎時報》，給我看一條新聞。「你覺得這東西怎麼樣？」他一邊笑一邊問我。他笑得很開心、很興奮，只有充滿貪慾的人才會那樣笑。

我接過那張報紙一看，原來是一張新聞圖片，上面是一隻猩猩，牠端坐在一張椅子上，一隻手拿著高級雪茄，另一隻手拿著一支羽毛筆，裝模作樣地在稿紙上寫著什麼，旁邊還註明了這隻猩猩的名字。顯然，這是一隻被人馴養的猩猩。看完這張新聞圖片，我的心中泛起一股難以名狀的厭惡，我非常討厭某些唯利是圖的人利用動物來賺錢。我把報紙塞到他手裡，一句話也沒有說。

「怎麼樣？」他打著響指說，「這個賺錢的方法不錯吧？」

「不怎麼樣，」我冷冷地說，「我對這種事不感興趣。」

「看來你連一點商業頭腦都沒有！」他叫道，「你知道嗎？這隻猩猩在皇家劇院一週就能為牠的主人賺二百鎊！」

「那與我有什麼關係？」我說，「我只是到這裡來研究動物的，不是想著怎樣發財的。」

「噢，是嗎？」他嘲笑道，「在這種連人影都沒有的叢林

裡，你甘心在這裡生活一輩子嗎？你難道想死在這裡，讓自己的屍體成為野狗和鱷魚的美餐？」

皮爾·萊森繼續說：「我有我的理想，我可不想老死在這荒無人煙的叢林裡，成為鱷魚的食物。我寧可死在巴黎，死在美女的懷抱裡。我要在死之前遍嘗美女和美酒，我要好好地享受生活！」

「但這則新聞對你有什麼用呢？」我指著報紙問他。

「有什麼用？」他尖叫道，「你的腦子還沒轉過彎來嗎？這則新聞啟發了我！我──皮爾·萊森，也要訓練出這樣的一隻猩猩。我是動物學家，我一定能訓練出一隻更優秀的猩猩，牠將成為我的搖錢樹！」

「萊森，你的主意並不明智，違背動物的天性將牠訓練成人，這對你有什麼好處呢？」我說，「我要是你，我就絕不會這樣做！」

聽完我的話，萊森笑得前俯後仰，還一再嘲笑我是個傻瓜。

我承認，皮爾·萊森確實有點小聰明。像他這種人就不應該做一個生物學家，也不應該在條件艱苦的叢林裡生活。他應該留在城市裡，追求他的金錢夢想。

故事講到這裡，斯格瑞伯慢慢停了下來。他站起身，伸了一個懶腰，然後向前欠欠身子，好像在傾聽什麼。我也學

著他的樣子凝神傾聽。飼養室裡依舊傳來各種聲響，似乎和剛才稍微有些變化，但我卻說不出變化在何處。

這時，斯格瑞伯轉身走進飼養室裡。幾分鐘以後，他返回到小院裡，摘下膠皮手套丟在一邊，又坐進了躺椅中。

「小黑猴病了，」斯格瑞伯向我解釋說，「還好牠在我這裡，要是牠生活在叢林裡，那牠肯定活不過今晚。我剛注射了青黴素給牠，現在應該沒問題了。」

斯格瑞伯繼續跟我說皮爾・萊森的故事。

皮爾・萊森自從受到那則新聞的啟發之後，就一心夢想著到大城市巴黎去生活。他把那張猩猩的照片剪下來，整天揣在口袋裡，不時掏出來看看。現在，他滿腦子都是利用猩猩發大財的想法，還衝我大叫：「頑固的德國佬，想想看，一週就能賺二百鎊啊！我們合夥也訓練一隻吧？」

「你想做，那你就去做，我可不幹！」我說，「我更喜歡自然界中的猩猩，我覺得牠們自由自在的挺好，我絕不會強迫牠做上帝本未賦予牠天賦的事！」

萊森在我這裡碰了一鼻子灰，又氣又惱，但他並不死心，他決心自己訓練一隻猩猩。三天後，他花了一大筆錢，從一個當地的土著人那裡買下了一隻剛出哺乳期的小猩猩。

「哈，這正是我想要的！」他得意揚揚地對我和福伯格說，「這下你們兩個笨蛋傻眼了吧？我要趕緊把牠訓練出來，

然後讓牠登臺表演，每週賺五千法郎！看吧，巴黎的摩登女郎正在向我招手哪！聽吧，馬戲團的報幕員在喊：皮爾·萊森教授和他訓練有素的猩猩聯袂登場！我和我的猩猩將成為萬人矚目的明星。」

見萊森說得唾沫橫飛，我和福伯格都沒有說話。我們心裡都很清楚，猩猩豈是那麼容易訓練的？一切生物在大自然中扮演的角色早有定數，無論是螞蟻還是恐龍，每種生物都有自己的位置，不是人類可以改變得了的。

可是，萊森不是個省油的燈。他性情急躁，剛愎自用，為達目的可以不惜採取任何手段。他好動，所以不喜歡叢林裡的安靜狀態。叢林是一個讓人安靜思考生命問題的地方，你能明白嗎？

我點了點頭，表示同意他的觀點。

萊森買下猩猩才兩三天，就已經開始在腦海裡勾勒自己作為百萬富翁的美好生活了。他設想自己住在巴黎的豪宅裡，出入乘坐著豪華的四輪馬車，在賭場裡一擲千金，迷人的芭蕾女郎投懷送抱……萊森無法控制自己的幻想，可惜的是，這種幻想會將他推向罪惡的深淵。此外，萊森還有一個糟糕的癖好，他總是酒不離手，頻頻用酒精來麻醉自己的神經。

工夫不負有心人，在萊森的耐心訓練之下，那隻猩猩學得很快，掌握了很多能力和技巧。每次我和福伯格到萊森的

營地去看望他，他總要把這隻毛乎乎的傢伙牽出來，為我們表演一番。說實話，我和福伯格都不喜歡萊森的這套把戲，而萊森見我們態度冷淡，也總會大聲嘲笑我們。

「你們這兩個傻瓜！」他對我和福伯格大叫道，「你們現在看不起我，等著瞧吧！當我把這隻猩猩訓練成功以後，牠將為我 —— 皮爾·萊森教授每星期賺五千法郎，五千法郎啊！想想吧！到那時，巴黎所有的美女都會向我獻殷勤。而你們兩個，只能待在這炎熱的亞馬遜叢林裡繼續受苦！」

我們覺得萊森一定是瘋了。

其實不僅我和福伯格有這種想法，連那隻猩猩恐怕都覺得他瘋了。因為，每當他大肆吹噓的時候，那隻猩猩就會顯得非常納悶：為什麼主人這麼興奮？可那隻猩猩怎麼會知道萊森在想些什麼呢！牠又怎麼會知道，萊森已經在頭腦中架起了一座天梯，正試圖一點點爬上這座天梯，去吻仙女的腳後跟呢。牠不過是一隻動物，當然不會知道自己只要模仿著主人抽幾口雪茄，就會有大批觀眾爭先恐後地觀看，為主人賺取大把大把的鈔票了。

牠畢竟還是動物，野性難馴。有一天，猩猩的野性爆發了，怎麼也不肯學萊森教牠的一個新技能。恰巧那天萊森喝醉了，想想看，發了野性的猩猩和耍酒瘋的萊森，兩個傢伙遇在一起，能有什麼好事？

事後，皮爾・萊森告訴我，撒野的猩猩將雪茄狠狠地扔在地上，把表演用的道具打個稀爛。氣急敗壞的萊森彷彿看到夢想中的豪宅、馬車、金錢和美女都飛走了，他一氣之下，喝掉了一整瓶酒，藉著酒勁，做了一件瘋狂的事。

　　斯格瑞伯講到這裡，停頓了一下。院子裡一片寂靜，連院外黑漆漆的叢林也變得安靜下來，似乎那些樹木也在側耳傾聽斯格瑞伯的故事。夜漸漸地深了，生物學家的故事從他的口中娓娓道來，好似一根魔鬼的手指，撥動著叢林中每個生靈的心弦。

　　斯格瑞伯繼續講道，萊森眼見自己親手調教出來的猩猩竟敢抗命，再加上酒精的作用，他暴跳如雷，決定狠狠地教訓一下那隻猩猩，讓牠長點記性。

　　「那他怎麼做的呢？」我問。

　　當時，萊森的營地恰好建在亞馬遜河岸邊。在河邊，生活著許多體型巨大的鱷魚，牠們既骯髒醜陋，又無比凶殘，整日隱藏在河邊的爛泥或蘆葦草裡。萊森看到河邊的鱷魚，頓時心中萌生了一個念頭，要利用可怕的鱷魚來好好地教訓一下猩猩。

　　「然後呢？」我迫不及待地問。我整個晚上都在聽斯格瑞伯講故事，已經被他的故事牢牢地吸引住了。

　　「然後？」斯格瑞伯繼續說，「萊森用一根繩子將那隻猩

猩綁在河邊的樹幹上 —— 對，恰好在鱷魚的視野範圍內。然後，他就端著一支來福槍，到一旁的樹蔭下坐著，等著看好戲上演。

猩猩是非常聰明的動物，牠很快意識到自己的危險處境，於是開始大聲哀嚎。萊森卻根本不理睬。最後，猩猩開始恐怖地尖叫，因為它看到，河中有一根黑乎乎的樹幹開始慢慢移動了起來 —— 那並不是樹幹，而是一條體型龐大的鱷魚，牠渾身沾滿了泥漿，遠遠看去就好像樹幹一樣。

鱷魚慢慢地睜開了牠的一對小眼睛，眼神裡射出了冰冷的光。那種眼神也許只有凶殘的鯊魚才會有。不！我錯了，連鯊魚也沒有。鯊魚的眼神雖然凶狠卻並不狡詐，而鱷魚的眼神則透出無比的狡詐。牠並不急於衝向猩猩，而是靜靜地等待著最佳時機，牠要確定萬無一失才發動攻擊。

時間一分一秒地過去，鱷魚用牠那醜陋不堪的小眼睛盯著猩猩。整整三個小時過去了，牠還是遲遲不敢發起攻擊，因為牠擔心這也許是個誘餌。萊森呢？也在遠處整整坐了三個小時，他發誓要將猩猩調教成能在巴黎大把撈錢的聰明傢伙。

終於，鱷魚沉不住氣了，牠決定發動攻擊了。只見牠慢慢地爬到岸邊，甩掉頭上的爛泥，以便能把四周看得更加清楚。猩猩一邊看著遠處的萊森，一邊大聲尖叫，哀求主人解

救自己。猩猩的叫聲無比淒厲哀婉，假如這時萊森過來放了牠，牠一定會做任何萊森吩咐的事；但萊森就好像被釘子釘在了原地一樣，一動不動，臉上帶著冷冷的笑容。

這時，鱷魚緩緩地從泥漿裡爬了出來，牠緊盯著被捆在樹上動彈不得的猩猩。事後，萊森曾經向我們繪聲繪色地描述當時的情形——那條大鱷魚慢慢地爬上岸邊，眼中居然流出了幾行眼淚。而猩猩的眼中也流出了眼淚，但兩種眼淚是截然不同的，鱷魚流出的是殘忍的眼淚，猩猩流出的則是悲哀與恐懼的眼淚……

此時，猩猩的意志已經徹底崩潰了，牠已經站不住了，若不是被繩索捆在樹幹上，牠必定會像攤爛泥一樣癱倒在地。鱷魚則志得意滿，牠認為在這場與猩猩的對峙中，自己已經拿到了四張 A，穩操勝券了！這個狡猾而殘忍的傢伙決定發起攻擊。

不要以為鱷魚身體笨重，就低估了牠的爬行速度。其實牠在陸地上向目標進攻時，其速度也是極其驚人的。牠全速向猩猩衝去，眼看猩猩就要當場喪命。「砰」地一聲槍響，萊森在這千鈞一髮的時刻，向鱷魚開了一槍。子彈不偏不倚正中鱷魚的右眼，鱷魚疼得在原地打了個滾，慘嚎一聲，飛快地逃回爛泥中。

萊森的這一招果然奏效，猩猩再也不敢撒野了。那隻猩

猩真是被嚇破了膽，只要萊森看牠一眼，牠就渾身顫抖。牠剛剛被鱷魚盯了三個小時，就算是人類處於這種環境下，也會神經崩潰的。

第二天，當我和福伯格又去萊森的營地時，他眉飛色舞地向我們炫耀了一番。而那頭可憐的猩猩則圍著他獻殷勤。「你們看！」萊森叫道，「現在牠老實多了，我徹底馴服了牠！」

「去！」他突然衝著猩猩叫喊，「給我把酒瓶拿來。」

猩猩嚇了一跳，急忙跑去拿酒瓶給他，絲毫不敢怠慢，因為牠生怕主人再次翻臉。看見猩猩如此聽話，萊森不禁放聲大笑。「世界上最美好的東西不是別的，就是鱷魚的眼睛！」他說，「下個星期，我要帶牠去新加坡，然後沿途演出，最後我們會到巴黎表演，每週淨賺五千法郎！到那時候，你們會在報紙上看到我的大幅照片，上面寫著：皮爾・萊森教授和他馴養的猩猩！」

斯格瑞伯停了下來，輕輕地吁了口氣。這時颳起了三分鐘熱風，巨大的樹葉被風吹得劈啪作響。陣風過去之後，叢林裡又恢復了沉寂。

「繼續講啊！」我催促著。因為聽得過癮，所以我急於想知道故事的結局，「告訴我，後來怎麼樣了？」

四天之後，我又一次到萊森的營地去找他，可是很奇

怪，他失蹤了。我到處喊他的名字，都沒有人回應。他的營地一切如常，他的個人物品也都完好無損，可是萊森本人卻不見了。我猜想他可能是到叢林裡去了，於是我決定先去他的小屋休息一會，順便喝點東西。你知道，那天非常炎熱，亞馬遜可絕不是個避暑的好地方，相反，更像個火爐。

就在這時，我突然感覺到周圍出現了死一樣的沉寂──正如剛才紅斑蛇逃走時的一刻。我感覺到叢林裡蟬鳴叫的聲音不知什麼時候停止了。哎呀，這太反常了！我開始有些不寒而慄，因為我知道，一定是其他生物感知到了某些東西，而我卻絲毫沒有察覺。

這種感覺越來越強烈，就好像有一千隻冰冷的爪子在我的身上抓來撓去。這並不是我的幻覺，如果你在叢林裡生活久了，你就會知道，人的皮膚可以觀察和聆聽。我覺得我的皮膚一陣陣發顫，似乎有些不尋常的事情發生了。

我從萊森的營地沿著小路向叢林中走去。我一邊小心翼翼地走著，一邊仔細地觀察著周圍的環境，雖然我不知道會遇見什麼，但我預感到，答案馬上就會揭曉。此時，我的心臟在劇烈地跳動，我的嘴唇發乾，腦海裡突然想起了萊森對猩猩的暴行──他把猩猩綁在樹幹上，而凶猛的鱷魚就在一旁虎視眈眈。天啊！莫非是那隻猩猩出事了？我的頭嗡地一下，好像捱了重重一擊。

足足過了三分鐘，我才慢慢緩過勁來。我必須趕快找到萊森和他的猩猩，於是我朝河邊跑去。

跑到了河邊，我卻看到奇怪的一幕 —— 那隻猩猩拿著萊森的來福槍，正在像人一樣嚎哭，而萊森卻不見了。

「萊森在哪裡？」我衝著猩猩大叫，「他在哪裡？」我明知道猩猩聽不懂我的話，可我還是希望牠能給我一個答案。

猩猩走過來，一邊抹著眼淚，一邊伸出毛茸茸的爪子，扯動我的衣角，示意我跟著牠走。牠拉著我一直走向河岸邊的一棵大樹下，那是萊森曾經綁過猩猩的大樹。

我慢慢地靠近大樹，眼前的一幕讓我感到陣陣噁心，五臟六腑一陣翻湧，險些嘔吐出來。只見那棵大樹上纏繞著一條又粗又長的繩索，繩索裡捆著兩隻衣袖，衣袖裡還有半條斷臂 —— 那是萊森的。

雖然我沒有親眼看見這裡究竟發生了什麼，但我的大腦自動將一切蛛絲馬跡像拼魔術方塊一樣拼湊在一起，還原了整個事情的經過。

嗜酒如命的萊森又喝醉了酒，醉得不省人事。猩猩看到了他的醉相，不禁又勾起了那令牠無比恐懼的回憶。於是，聰明的猩猩產生了一個惡作劇的念頭 —— 讓自己的主人也嘗一嘗在死神面前瑟瑟發抖的滋味。牠把大醉不醒的萊森扛到了大樹旁邊，學著他的樣子，用一根長長的繩索將他綁在樹

幹上，自己則端著來福槍，坐在遠處的樹蔭下，等著萊森清醒過來。

萊森一定清醒過來了，他也一定被嚇得大喊大叫。然而，他的呼救聲同樣引來了河中的鱷魚。而猩猩呢，也一定學著他的樣子，假裝沒聽見萊森的呼救。

終於，無比相似的一幕再度重演了！鱷魚朝被綁在樹上的萊森爬了過去，而猩猩也拚命扣動了扳機。但與上次不同的是，這次萊森的槍裡沒有裝子彈！萊森教了猩猩許多，但沒有教牠如何裝子彈。於是，無比慘烈的一幕就這樣在猩猩面前上演了……

「那麼後來呢，你做什麼了嗎？」我問道。

「我什麼也沒有做，」斯格瑞伯輕輕嘆了一口氣，說：「還能做什麼呢，萊森連屍首都蕩然無存。他本想透過訓練猩猩，離開叢林，實現他的法國夢。可沒想到，他反倒最先成為鱷魚的腹中餐了。」

於是，我無奈地看著猩猩，猩猩也驚恐地盯著我，同時在慢慢後退，牠一邊後退一邊哭泣，直至消失在叢林裡。斯格瑞伯用手指了指黑漆漆的叢林，若有所思地說：「那裡有一隻猩猩，牠經歷了所有野生動物從未經歷過的事，在牠的頭腦中，永遠留存著一幕慘劇。」

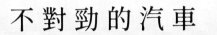

不對勁的汽車

哈伯從停車場將自己的汽車開出來，沒走多遠就感覺到有些不對勁，他抱怨說：「怎麼回事？以往不是這樣呀，今天不僅車速太慢，用力踩油門也走不快，而且坐墊的彈性也變大了。另外發動機的聲響也太大，還有煞車，一切都不對勁了……」

　　「哈伯，你能不能消停一會？你都抱怨整個晚上了，真讓人煩心。今天是我們結婚三十四週年紀念日，你再這樣破壞我的興致我可真要生氣了！」坐在一旁的太太泰瑞皺著眉頭說。

　　「對不起，太太，我並不是想掃妳的興。」哈伯漫不經心地說著，他的注意力還是集中在了車上，「可是，我們的汽車真的出毛病了，我開著它很彆扭。總之……跟往常不一樣。」

　　「唉，我說你這個人就是太吹毛求疵了。我看你平時總檢查發動機蓋下面，花費了那麼多時間難道還不夠嗎？」泰瑞不耐煩地說。

　　他們開車來到一個十字路口，恰好綠燈亮了，哈伯試圖用力踩油門將車開過去，但車的反應仍很遲鈍。

　　「這可不行，我得停一會車，仔細檢查一下。」哈伯說。

　　「哈伯，難道你瘋了嗎？這裡是不准停車的！」泰瑞大聲喊著。

「不行，我管不了那麼多了，我必須要停車仔細瞧瞧。泰瑞，我怎麼突然覺得這輛車不是我們的呢。」

「怎麼可能呢？」泰瑞有些難以置信地說，「五個小時前，我們把這輛車開進停車場交給他們，當時他們發給我們一個小牌；五分鐘前，我們把小牌交給他們，他們把車還給我們。廠牌、型號、出產時間、顏色，和我們當初交給他們的車都一樣，你再看看這裡……」說著，她打開了工具箱，「你看，這裡不全是我們的東西嗎？有地圖、急救用品、手電筒……」她關上工具箱，又回頭看了看後座，說道，「你看，那塊狗用的破毛毯還在呢。」

哈伯沒有理會她，仍然關掉引擎，將車停在路燈下。

看他不聽勸阻，泰瑞一聲不吭，坐在座位上生著悶氣。

哈伯先是打開車裡的燈檢視汽車內部。沒錯，車裡看起來是一樣的；但是當他看車頂時，卻發現上面有一塊並不熟悉的汙漬。

接著，他又跳下車，繼續檢視車的外部。牌照是他的，沒錯！左邊前擋泥板上仍有一個被撞的凹痕，但他覺得位置似乎高了一些。他還發現了兩道新的痕跡，一道是在車廂上的劃痕，另一道是在後面擋泥板上的凹痕。他清楚地記得，這兩道痕跡在他將車送進停車場之前是絕對沒有的。這幾處疑點讓哈伯愈發覺得自己的感覺是對的。

哈伯又重新坐回駕駛座，發動引擎，駛入前方無盡的車流之中。

「怎麼樣，這回滿意了吧？」泰瑞一臉不高興地問。

「泰瑞，這絕不是我們的車！我檢查過了，車廂上的劃痕和後擋泥板上的凹痕都不對，我們必須將車開回停車場去。」哈伯態度堅定地說。

在開車往回走的路上，哈伯越想越氣憤，他決心弄個水落石出。幾分鐘後，他把車停在了停車場對面的一個地方，那裡平時是不允許停車的。

「泰瑞，我們下車吧！」他打開車門，但是泰瑞卻一動也不動，「你怎麼還不下車？」他催促著，泰瑞生氣地說：「即使你給我上百萬，我也不想跟著你去丟人！我真後悔讓你喝了那兩杯威士忌和飯後的那杯酒，我看是酒精讓你精神恍惚。哈伯，你以前可不是這樣的呀！」

看著泰瑞生氣的樣子，哈伯不再勉強了，他說：「那好吧，妳就在這裡等著。如果萬一有警察過來問妳，妳就告訴他事情的原委。妳放心，我不會有事的。妳也知道我這個人的性格，我是不會隨便被人欺騙的。在這裡等我，我馬上就回來。」說完，他朝泰瑞擺擺手，轉身快步走進一間候車室。

候車室裡有十幾個人，此刻他們正百無聊賴地坐著，只有櫃檯後面那位年輕漂亮的出納小姐偶爾和他們說幾句話。

「對不起，小姐，我有件事。」哈伯直接走到櫃檯前禮貌地說。

「先生，請問你有什麼事？我很願意為你提供幫助。」那位年輕女子也很熱情。

「是這樣的，我幾分鐘前在這裡取車，但開走後發現並不是我自己的那輛，一定是車場的服務生開錯了車。」

「噢，開錯了車？」那位出納小姐不解地說：「我有些搞不懂了，如果服務生開錯了車，你是應該知道的，但是你為什麼還要開走呢？」

「開始時我也有些懷疑，但是那輛車看起來和我的車非常相像，而且連牌照和工具箱裡的東西也都是我的。但我敢肯定，那輛車絕對不是我的！」哈伯非常堅定地解釋說。

「這就奇怪了，我還是頭一次遇到。那麼，服務生給你的那輛車現在在哪裡？」她問。「就在停車場對面的空地上，我太太在車子裡面等我。」哈伯回答著。

那位年輕的出納小姐一時有些拿不定主意，想了想就說：「你看這樣吧，先生，我先打個電話給老闆，由他出面親自解決，他現在就在辦公室裡。」

「好的，謝謝你！」哈伯點點頭。

這時，又有一些人擁進候車室，他們邊走邊嚷嚷著什麼，屋裡頓時顯得嘈雜起來。那個出納小姐走到一個較為偏

僻的角落打電話，他聽不見她在說什麼。

　　過了一會，出納小姐走過來了，對哈伯說：「先生，我已經跟老闆通過話了。他答應幫你解決，五分鐘內就能到這裡。請你先到那邊坐等一下。」說著，她用手指了指櫃檯左邊的一條長凳。

　　出納小姐的禮貌客氣讓哈伯無可挑剔，他走到長凳那裡坐了下來。五分鐘過去了，老闆沒來；十分鐘過去了，老闆也沒來；二十分鐘過去了，仍然沒有老闆的影子。哈伯心裡不高興了：怎麼這樣不守時呢？他不時地瞧瞧櫃檯，只見那個出納小姐利用沒有顧客的空檔，總是在打電話，也不知是不是催促老闆趕快過來。看著她忙碌的樣子，哈伯也不好發火，只能耐著性子繼續等待。

　　又過了一會，一輛新型大轎車停在候車室不遠處，出納小姐見狀趕緊迎出去，很快就領著一位高大魁梧的中年男人走進候車室。

　　「我叫吉姆，是這裡的老闆，讓你久等了，很抱歉！請問尊姓大名？」那人和藹地握住哈伯的手說。

　　哈伯也做了自我介紹，然而還沒等他提到車的事，那個叫吉姆的老闆就搶先說道：「我是一個本分的生意人，但是我承認，我們這裡有時也會出現一些小問題。不過你放心，我們會盡力幫你解決的。請問，你遇到了什麼問題？」他一

臉誠懇的樣子。

　　哈伯簡單敘述了一遍事情的經過，然後強調說：「那輛車開起來就不對勁。最奇怪的是，車廂和擋泥板上有劃痕和凹痕 —— 而我自己的車沒有這些痕跡？」

　　「是嗎？」吉姆耐心聽完哈伯的話，然後以一種果斷解決問題的讓步態度說，「先生，根據你說的情況，我們這裡的通常做法是由汽車受到損害的車主向我們的保險公司申請賠款。不過，要換掉整輛車的事情我還是頭一次遇到，而且也不好辦。你看這樣行不行，對於你汽車上的劃痕和凹痕，我願意作為例外辦理，你要多少錢？」

　　「吉姆先生，我可不是來訛你的錢的！我之所以回來找你，是因為那輛車根本不是我的！」哈伯生氣地說。

　　「先生，你不是在開玩笑吧？好，就算那輛車不是你的，那你要我們怎麼做？」吉姆收起了原本熱情友好的表情，突然變得嚴肅起來。

　　孰料吉姆這一反問一下子就把哈伯給噎住了，哈伯想：「是呀，自己只是感覺到汽車不對勁，就回來想弄個清楚。可是具體要對方怎麼做，他還沒仔細想。不過既然事已至此，就硬著頭皮上吧。」想到這裡，他也態度強硬地說：「很簡單，至少你要向我解釋清楚這是怎麼回事，為什麼車不是我的，而裡面的東西卻原封未動？不然的話，我就要自己進停工廠

去找。」說完就要邁步往外走。

「我勸你最好別去，至少是現在，因為晚上是停工廠最忙亂的時候。如果你進去到處亂闖，萬一被車撞著就麻煩了。」吉姆接著建議說，「這樣吧，你告訴我，我們給你的那輛車在哪裡？我親自陪你去看看。」

「就在停車場對面，我太太在裡面等我呢。」

「那好，我們一起去看看吧。」

「看就看！」哈伯邊嘟囔著邊和吉姆一起走到了外面。當來到停車場對面時，哈伯驚訝地發現汽車和太太都不見了，他頓時目瞪口呆。

「你的車呢？是不是你太太開走了？」吉姆關切地問。

「不會的！這麼擁擠的路，而且天也黑了，她是不敢獨自開車的。」哈伯焦慮地說。

「從這裡到你家需要多長時間？」

「也就是二十到二十五分鐘的樣子吧。」

「那麼你在候車室等了多長時間了？」

「快四十分鐘了。」哈伯看看錶說。

「先別急，我猜想她可能等得不耐煩了，就自己開車先走了。我想你應該往家裡打個電話，問問她是否平安回家了？」

哈伯想想也只有這個辦法了，於是就和吉姆一起回到了候車室。不過這次他一進屋，就意外地發現這裡的人比剛才多了不少。

　　「喂，諸位安靜，安靜！」吉姆揮手對那些人說，「這位老兄的神祕汽車不見了，我說是他的太太用自己的鑰匙把車開回家了。」

　　「絕對不會的！尤其是今天晚上！」哈伯怒吼著。

　　「老兄，難道今天晚上有什麼特別嗎？」

　　「當然，今天是我們的結婚紀念日，我們的慶祝活動還沒結束呢。」

　　「噢，原來是這樣，這的確是有些特別。那你們今天都去哪裡了？都做了些什麼呢？」吉姆繼續別有用心地問著。

　　「我們先是到一家餐廳吃飯，然後就……」

　　「還喝了酒吧？」

　　「就是兩杯威士忌，不過那點酒對我絲毫沒有影響……」

　　「噢，我明白了，通常你是不喝酒的，但是今晚情況不同……」

　　「你總問我這些幹什麼？」

　　他們正你一句我一句地爭論著，「叮鈴鈴……」突然櫃檯上的電話響了起來。年輕的出納小姐拿起話筒聽了一會，就

將話筒遞到哈伯的手中，說：「哈伯先生，電話是找你的，她說是你太太。」

「哦？」哈伯接過話筒，這時屋子裡所有人的眼睛都在注視著他。

「哈伯嗎？」是泰瑞的聲音，「我已經回到家裡了，你也快回來吧！」

「泰瑞，妳怎麼？！」

「什麼也別說了，趕快招輛計程車回來，我不想再談了。」說完，泰瑞就結束通話了電話。

手握話筒的哈伯驚愕地站在那裡，他不明白究竟發生了什麼，難道自己從一開始就錯了？難道是幻覺？他似乎有些懷疑自己是不是酒喝多了，以至於影響了自己的判斷力。

站在旁邊的吉姆一直看著他，「哈伯先生，你太太說了些什麼？」他關切地問。

「噢，沒什麼，她說她已經回家了，要我也回去。」

「我說嘛，今天是你們結婚三十四週年紀念日，當然要好好慶祝一下，吃一頓大餐，喝幾杯酒都是自然的。」說著，他用眼睛瞟了瞟候車室裡的人，「你們說，這位老兄是不是喝了不止一杯吧？」那些人發出一陣鬨笑聲。

哈伯氣得臉色發白，兩眼瞪著吉姆。

「好了，好了。」吉姆自感勝券在握，因此表現出一種大度的容忍態度，他說，「這樣吧，我們叫輛計程車給你，你先回家去。明天早上你再仔細瞧瞧那輛車，如果你確信是在我們這裡撞壞的，我們再商量。這樣還算公平吧？」

聽了吉姆的話，哈伯彷彿突然明白了他必須做什麼，於是他深深地吸了一口氣，又整了整衣服，信心十足地準備做要做的事了。

「吉姆先生，真對不起！今天也許是我多喝了兩杯酒，給你添了這麼多麻煩。謝謝你的好意，我自己打車回家就行了。不過我還要重申的是，我太太開走的那輛車肯定不是我們的。」說完，他朝吉姆做了一個牽強的微笑，轉身就走出了候車室。

這時，在停車場的入口處又停下一輛汽車。一對夫婦從車裡走下來，但車門卻開著，馬達還在作響。他們正想招呼服務生將車送到停工廠去，只見哈伯一個箭步上前，迅速鑽進那輛車裡，然後關上車門，猛踩油門，汽車一溜煙地向前駛去，他的這一舉動驚呆了那對夫婦。

「看，他駕車跑了，快停車！快！」候車室裡有人見到了這一幕，大聲喊叫著，還有的人追了出來。但是哈伯根本不理他們，繼續駕車絕塵而去。

這次他要使用一個計謀，也就是我們熟悉的調虎離山

計。他先把車駛離人們的視線，然後又駕車兜個圈子回來，趁人不備從停車場的側門進去，順著斜斜的車道進入了二樓的停工廠。儘管他這時心裡也很緊張，但他下定決心要把事情弄個水落石出。

這時，他發現前面有一個標著箭頭的方向指示牌。「是停下來還是開過去？對，就照著非左即右的原則辦！」他無暇顧及其他，決定朝左轉。結果車剛一向左轉過去，他就發現轉錯了。只見一輛汽車正迎面向他駛過來，他幾乎無處躲閃。為了避免車毀人亡，他用力猛踩煞車，然後順勢從車上跳了下來。驚恐之餘，他在停工廠裡四處張望著，希望能有什麼發現。突然，他看到自己的車正停在距他大約三十公尺的一個角落裡，車的前蓋已經撞扁了，擋風玻璃也是支離破碎，好端端的一輛車不知怎麼搞成了這樣一個慘狀。

「天哪，怎麼還有泰瑞！」哈伯幾乎不相信自己的眼睛，他看到兩個穿西裝的男人正挾持著泰瑞離開一部電話機。

「放開她！」哈伯大聲叫喊著。那兩個男人聽到聲音轉過頭來。

他看見泰瑞的前額有瘀痕，嘴巴被膠帶封著，不停地在扭動著身體。

「你們這些渾蛋！」他大叫著向他們衝過去，但是對面的一個高個子男人已經掏出了手槍向他瞄準，隨著「砰」的一聲

槍響，哈伯一頭栽倒在地……

不知過了多久，哈伯恍惚中好像聽到有人在向他問話：
「先生，你感覺好些了嗎？」

他用力睜開雙眼，發現自己正躺在醫院的病床上。他循
聲望去，令他驚訝的是，站在他床邊並低頭看著他的竟是停
車場的那個年輕的出納小姐。

「怎麼，是妳？」

她微笑著。

「我受傷了，而且非常糟糕！」他告訴她說。

「別擔心，雖然子彈打中了你的頭蓋骨，但是醫生說你現
在已經沒事了。還有，你的太太也很安全，她一會就會來看
你的。」

接著，她拿出了一枚警徽，自我介紹說：「我是斯特利
普警探。我要代表警察局感謝你。如果不是你的警覺，注意
到汽車不是你的，並且開回來詢問的話，我們就不可能將吉
姆這夥毒販子一網打盡，再一次謝謝你！」

「毒販子？到底是怎麼回事？」哈伯不解地問。

「你聽我說，這個停車場實際上是一個毒品交易站。吉姆
他們非常祕密地把毒品藏在汽車裡，由送貨員開來，這裡的
所有服務生都是一夥的。我們對這裡有懷疑，但苦於拿不到

確鑿證據。於是我們派了一個警探在這裡臥底，但是被一個送貨的歹徒認出了。當這個警探開著你的車上樓時，被兩個歹徒開槍打死了，所以你的汽車才成了現在這個樣子：不僅玻璃被打碎，車裡血跡斑斑，而且前面也撞扁了。所以，他們沒法再還給你。」斯特利普警探說道。

「那他們乾脆說車被偷了不是更簡單嗎？」

「不可以，那樣就會把警察招來，他們畢竟是做賊心虛。另外，他們還要花時間處理警探的屍體和你的汽車。要知道，他們在這個城裡偷來一輛和你那輛一模一樣的汽車並不難。你的車在那裡停了四五個小時，他們有足夠的時間做這些事情。而且，他們認為你在夜色中不會注意到調換的這輛車有什麼不同，這樣就可以瞞天過海，悄悄地把問題給解決了。」

「噢，原來是這樣！」哈伯恍然大悟，「所以，當我看出車的異樣，開回去找他們的時候，他們就決定將我和泰瑞殺掉。」說到這裡，哈伯也不禁有些後怕。

「不錯。其實在昨天晚上，我就有些擔心那個臥底的警探了，因為我已經有好幾個小時沒見他露面了。所以當你進來說碰到的怪事，而且那個吉姆又同意親自和你談談時，我就覺得很蹊蹺，相信這件事一定和警探的失蹤有關。因為吉姆通常很霸道，他是不會理睬顧客的抱怨的。」斯特利普警探說。

「那麼，是不是可以這樣說，我在等候吉姆的時候，你在不停地打電話，實際上那些電話都是打給警方的？」

她微笑著點點頭：「是的，我們想把這幫傢伙一網打盡，就在候車室布置了不少便衣。難道你後來和吉姆又返回候車室時沒有發現人增加了很多嗎？」

「是呀，當時我還有些奇怪呢。」哈伯點頭說。

這時，斯特利普警探臉上流露出些許得意的笑容。

「不過，我還有一件事想不明白。你接過太太的電話後，為什麼不聽她的話趕快叫車回家，相反還要鋌而走險，奪車闖進二樓的停工廠呢？你當時肯定不會知道，是那些人拿槍頂住你太太的頭逼她打的電話，但你怎麼就會知道那是一個陷阱呢？」斯特利普警探想解開這個謎。

「這麼說吧，我是從泰瑞一反常態的語氣中嗅到了蛛絲馬跡。因為，如果她已經開車平安地回家，她就不會只說那麼兩句，更不會不讓我說話。我之所以要搶奪車偷偷開上二樓的停工廠，是吉姆的一句話讓我起了疑心。我並沒有告訴他今天是我和泰瑞結婚多少週年紀念日，可他怎麼就能準確地說出來呢？肯定是從泰瑞那裡知道的。所以我斷定泰瑞就在他們手上，或者說吉姆就是操縱者，無論停車場有什麼事都和他有關，包括我的汽車被調包。」哈伯慢條斯理地說道。

　不對勁的汽車

第三者

法庭上，一樁凶殺案正在審理當中。

「現在進入被告及律師最後答辯階段，傳被告華倫！」法官敲響了法槌。

「傳被告華倫！」法警聽到命令，大聲喊道。

那個叫華倫的被告出現在庭審現場。

「現在被告上櫃檯宣誓。」

華倫緩緩地走上前。

「請將右手放在《聖經》上，舉起左手。現在我來問你：你是否願意鄭重宣誓？是否能保證你在法庭上的敘述完全屬實、絕無虛假？」法官一臉嚴肅地說。

「我願意！我保證！」華倫鄭重地說。

「好，下面請被告律師提問。」

被告的律師傅斯走上前，問道：「請說出你的姓名、年齡和職業。」

「我叫華倫，今年四十六歲，在鎮上開一家電器店。」

「好了，你可以坐下了。華倫，我再來問你，你結婚了沒有？」

「結婚了，結婚二十多年了。」

「你現在住在什麼地方？」

「在紐澤西州靠近邊界的地方。」

「這麼說，距這裡大約二十五公里了，那你是不是每天都要開著車來回跑？」

「是，除了禮拜天之外，我每天都要來回跑。」

「你來衛克漢鎮開店有多長時間了？」

「四年。」

「你怎麼會想到在這裡開店？」

「我父親去世後，我繼承了一點遺產，雖然此前我一直想做些生意，但苦於沒有本錢，自從有了這點兒錢後，我就開始選擇開店地址。最後，我看中了這裡，這可是鎮上唯一的一家電器用品商店。」

「你的生意怎麼樣？」

「還可以，不過不如我預期的好，因為鎮上的人似乎有些排外，他們不大願意接受一個外來者，尤其是現在又出了……」

「嗯……」傅斯律師稍微停頓了一下，接著又說，「華倫，現在我們想討論一下你送給瑪麗的電視機，也就是這臺標有『第十六號物證』的電視機。我想請你指認一下，它是不是你送給瑪麗的那臺？」

「是，是我送的那臺。」

「它是什麼牌子的？」

「什麼牌子都不是，是我自己組裝的。」

「哦？你自己組裝的？」

「沒錯！我曾經學過家用電器的原理，所以我想試一試……」

「可為什麼貼的標籤是麥克牌呢？」

「那是一個舊的電視機殼，我試了試大小剛好合適，於是就把它擦乾淨，用上了。」

「組裝這臺電視機花了你多少錢？」

「各種零部件是兩百多元，對了，是二百一十五元。」

「這麼說，你送給瑪麗的實際上就是價值二百一十五元的零件？」

「如果你這樣認為也可以，不過，我從沒有考慮到錢，我看她喜歡所以就給了她。」

「那麼，她見到過你組裝嗎？」

「見到過，因為她經常到我的店裡來。如果店鋪裡沒有顧客，我就在辦公室裡組裝。」

「她經常進你的辦公室嗎？」

「經常？先生，我不知道你這話是什麼意思？」

「就是指每天？還是一個星期幾次？」

「當然不是每天，也就是兩三天一次吧。」

「如果你不介意的話，能否告訴我，你是什麼時候認識她的？」

「大概是她中學畢業那年，她在放學途中經常來店裡，買些唱片什麼的。」

「那麼後來呢？」

「後來我們就熟悉了，經常彼此聊聊天，很快就產生了信任感。」

「她漂亮嗎？」

「是的，她很漂亮。這個女孩子似乎心理很成熟、敏感。她還沒有男朋友，所以，沒多久我就發現她很喜歡和我聊天了。」

「我們很想了解一下她的性格。華倫，你願不願意當著法庭上各位的面，告訴我她為什麼喜歡和你聊天。」

「我想，或許在她的心目中，我就像她的父親一樣，因為她從來沒有，又一直希望得到。」

「此話怎講？」

「因為瑪麗曾對我說過，她從小就沒見過親生父親。她是被繼父養大的。她的繼父性情暴躁，不僅經常酗酒，而且還是個老色鬼，一直想對她圖謀不軌。他的前妻也是因他的暴虐而離開他的，並且留下了一大堆孩子給他。因此，瑪麗

從小就沒人照顧，缺少父愛，整天做些粗工作，所以當她能夠自立時，就離開了這個令她厭惡的家庭，那時她才十三、十四歲。」

「她離家之後做什麼工作？」

「這我也不太清楚，只是聽說她和姐姐住了一些日子，後來就到別的地方去住了。她大多數時間都是住在一些朋友家，總之是到處打游擊，這裡住幾天，那裡住幾天的。」

「你們聊天時，她說沒說過和男人同居過？」

「沒有，從來沒有！」

「根據你這麼長時間跟她的接觸，有沒有發現她在外面與什麼人鬼混？」

「我從未發現。雖然她很成熟，但她也值得信任。」

「那麼，她信任你嗎？」

「是的。由於她的特殊經歷，很讓人同情，所以拿我也總是當親人一樣，我想她是由於信任我，才經常找我聊天的。不過，那時她從未提到過有男朋友，只是說她的家庭有多麼糟糕，她多麼想早點完成學業，趕快找份工作自立，可是一直都沒能如願。」

「你知道她為什麼要這麼說嗎？」

「因為她學習不好，還沒讀完中學就和一群女孩子被送到

島上的一所救濟學校，在那裡學習打字和文書工作。按說這也是尋求一種謀生能力，挺好的，但她經常打電話告訴我，那所學校很差勁，很多女孩子抽菸、吸毒，非常粗俗，她在那裡沒待多長時間就回來了，後來在這裡找到一份工作，租了一間房子，也就是她被害的那間。」

「華倫，請如實告訴我，瑪麗是不是愛上你了？」

「這個……我……我想是吧。不過，我覺得這或許是另一種方式的愛，因為她曾經說過，她一生中渴望有個人愛她。」

「那麼，你從來就沒有鼓勵過她愛你嗎？或者換句話說，明確地告訴她你愛她？」

「不！先生。」

「為什麼不可以呢？」

「我不知道該怎麼回答。我有家室，也有深愛我的妻子，我不忍心傷害瑪麗，因為她這些年太不幸了。先生，說心理話，我對瑪麗是一種特別的愛，這也許是一種同情吧。」

「你？」

「先生，說心理話，我是愛瑪麗，但不是一般人所想像的那種男女之愛。我也許不像是一個父親愛女兒那樣，但也有著同樣的保護方式。瑪麗的童年已經夠不幸了，我不忍心讓她再受到傷害，就是這樣。」

「既然你這樣想，那你就從來沒有告訴過她？」。

「沒有。不過，我想她已經看出了我的愛，所以當她發現自己懷孕時，就把一切都告訴了我。」

「她都告訴你什麼了？是說和另一個男人有戀情嗎？」

「是的，她告訴了我。她畢竟年紀還小，所以當她發現自己懷孕後，非常緊張，我想她是怕失去我這樣值得她信任的人吧。」

「那你知道以後的反應是什麼呢？」

「我能有什麼反應？自從她和那個傢伙開始交往後，我就知道會有麻煩。我前面說過，她很容易相信他人。她和那個傢伙是在一次晚宴上認識的，結果一下子就墜入了情網。當然，那可能是她的初戀。儘管我不喜歡她那樣做，但也沒有反對，因為我不想掃她的興。那個傢伙是有家室的，但她根本不在乎他是結了婚的人，甚至還天真地以為那個欺騙她感情的男人會跟自己的太太離婚。我心裡想：『這可能嗎？我們等著瞧吧！』但是我並沒把這種擔憂告訴她，因為她的興奮讓我不忍心。就這樣，一直到她發現自己懷孕為止，唉！也怪我……」

「後來呢？」

「後來的情況果不出我所料，她告訴我說那個人不是個好東西，雖然是個有身分的大人物，可是和她在一起的時候卻

非常齷齪，總是帶她到離這裡很遠的地方去，對她做下流事情。後來，當他知道她懷孕時，竟然非常生氣，還責怪她粗心大意，並且還給她錢讓她趕快把胎兒做掉，否則就再也不想見她了。」

「那個男人真的給她錢讓她去墮胎了嗎？」

「是的，她說就在她告訴那個男人自己懷孕的同一時刻、同一地點給的，當時是給了五百元。」

「這一切都是她親口告訴你的嗎？」

「是的。」

「再後來呢？」

「後來，她不知道該怎麼辦，既想和那個男人保持這種關係，但同時又很傷心，也很生氣。當時我建議她去找一下神父，可是她不願意，卻問我對這個胎兒該怎麼辦，她這是把我當成了精神上的顧問。」

「那你都對她說了些什麼？」

「我對她說，如果這次打掉了孩子，可能以後永遠也無法生育了，到那時候她會懊悔萬分的。我告訴她，也可以把孩子生下來，那麼她生命中就第一次真正有一個可以愛的人了。我還對她說，實在不行，也可以讓別人領養孩子，因為有很多這樣的機構，這樣一來，既可以減輕她的負擔，又可以不必因自己剝奪了孩子的生命而感到內疚。其實，我覺得

她將孩子交給別人領養比她自己撫養要好，也比較安全。」

「你說完這些之後她是什麼反應？」

「據我觀察，她走的時候很高興。」

「你知道她最後會作出怎樣的決定嗎？」

「不知道。不過，先生，我想那個男人一定會逼她打掉胎兒的。」

「你恨那個男人嗎？」

「是的，先生。」

「你見沒見過他？」

「沒有。」

「她是否告訴過你他是誰，叫什麼名字？」

「也沒有，因為那個男人不讓她告訴任何人。」

「哦，那你有沒有什麼線索，能猜出他是誰？」

「法官大人，我抗議，被告律師這是在引導證人影射他人。」坐在一旁的檢察官哈克發話了。

「抗議有效，被告律師傅斯先生，你剛才的問話有些離譜了。」法官說。

「很抱歉，法官先生，我想證人或許能夠提供某些線索。」

「好了，繼續問你的問題吧！」

「華倫，你是否從瑪麗那裡得到過誰是她的情人的暗示？」

「沒有。」

「她對你說沒說自己何時懷的孕和從情人那裡得到錢的具體時間？」

「說過，是在她遇害前的一個月。」

「好了，華倫，現在你應該盡可能詳盡地把瑪麗遇害那天的事情告訴法官先生，因為這很重要。」

「好吧。法官大人，事情是這樣的：那天下午 5 點 15 分左右，瑪麗剛下班就打電話給我，說她回家後打開電視機，卻怎麼也調不出影像，問我能不能關門後去幫她修一下。我通常是 6 點鐘關店門，所以就告訴她我會過去檢查一下的，我猜想可能是電路接觸不良。我知道瑪麗很喜歡那臺電視機，只要她在家，就從早到晚一直開著電視，因為她一無所有，此前從來沒有人送給她禮物。我是 6 點 15 分關店門的，然後就拿上工具箱，開車去了她的公寓。」

「在這以前，你去過瑪麗的公寓嗎？」傅斯律師問。

「去過幾次，都是我關門後順道送她回家，不過是到門口，只有送電視機那次我進去了，但也只是待了短短的幾分鐘。」

「那次是什麼時候？」

「一個星期前。」

「你真的只進入公寓一次？」

「是的。瑪麗住的公寓其實不過是一棟老舊樓房裡的一個房間而已，房間對著前面的街，進出需要透過旁邊的梯子。」

「她的房東你見過嗎？」

「沒有。」

「具體說說你到她住所時看到的情況。」

「好。我出發的時候，天色已經黑了。當我到達公寓時，透過玻璃看到她屋裡的燈亮著，而且還隱約能聽見電視機的嗡嗡響聲。我上前敲門，但沒有人回答。我又敲了敲，還是沒有人回答，於是我就試著推了推門，門竟然是開著的，我便進去了。開始時我並沒有見到她，因為沙發擋住了我，我首先看到的是電視機，當時電視裡只有聲音，好像是兒童節目，但沒有影像。『瑪麗，我來了！』我喊了一聲，但是沒有人回答。我還以為她到房東那裡去了，或者在浴室裡，就又喊了幾聲，還是沒人回應。這時我心裡不禁有些緊張，就開始找，結果發現她一動不動地躺在沙發後面，面色慘白。我摸摸脈搏，發現她已經死了。整個事情就是這樣，我說的都是實情。」

「你過了多長時間報的警？」

「確切的我也說不清了，大概是十分鐘或者十五分鐘吧。」

「然後他們便以殺人凶手的罪名逮捕了你？」

「是的。」

「華倫，請你如實回答，瑪麗是不是你殺的？」

「不是，我敢發誓！」

「法官大人，我的問題暫時問到這裡。」傅斯律師對法官說道。

「好了，華倫，現在由檢察官向你發問。」法官說。

「是。」

「華倫先生，」哈克檢察官說，「剛才，你的辯護律師極力想把你裝扮成一個慷慨、仁慈的好人，對那個可憐的女孩有著父親般的感情。你說那個女孩被她的情人玩弄導致懷孕，那人本來付錢讓她去墮胎，但是她不肯，結果激怒了她的情人，然後在一次瘋狂的毆打中將女孩致死。如果你說的是真話，那麼他不僅殺害了那個女孩，還殺害了她未出生的孩子，是不是這樣？這就是你證詞的主要內容？」

「我抗議！法官大人，檢察官這是在用帶有諷刺性的言辭中傷我的當事人。」坐在一邊的傅斯律師舉手發話了。

「抗議無效，請檢察官繼續問話。」法官說。

「我知道，傅斯先生是一位博學的律師，如果有得罪之處，我願向他表示歉意。但我要說的是，他的當事人是個詭詐、殘忍、工於心計的凶手，他跟這個年齡只有他一半的女孩有著非同尋常的關係。當造成事實後，他為了開脫自己，就煞費苦心地編造出這個荒誕的故事，說什麼她另有情人等等，想以此引起陪審團的同情，達到推卸罪責、混淆是非的目的，我可不相信他的鬼話。請陪審團注意，那些證人都發誓說這位被告與受害人之間關係非同尋常。」哈克檢察官侃侃向俊。

　　「請問檢察官，你是在作辯論總結嗎？」法官不悅地問。

　　「噢，不是的，對不起，法官大人。」

　　「請注意你問被告問題的範圍，不要長篇大論。」

　　「好！華倫先生，我來問你，據你的店員作證說，他們經常看到瑪麗到店裡來，而且每次都不敲門，逕自走進你的辦公室，一進去就是幾個小時。他們還說，有好幾次晚上店門關閉後，看見你和她一起坐車離去，是這樣的嗎？」

　　「是的，我並不否認。不過，先生，那是他們理解錯了，我和瑪麗之間並無不正當關係。」

　　「真的嗎？面對那樣一個年輕女孩，像你這樣一個健康、英俊的男人，難道就沒有受寵若驚，甚至做出什麼舉動？」

　　「你這是什麼意思？不錯，我是有點受寵若驚，但並沒有

什麼舉動⋯⋯不是你說的那種方式。」

「你緊張什麼，我還沒問那個問題呢。」

「你不就是暗示我們之間存在戀情嗎？」

「的確如此，這正是我想要問的下一個問題：你是否與瑪麗有性行為？」

「沒有，絕對沒有！」

「你怎麼能證明你和她沒有那種關係？」

「法官大人，我抗議！」傅斯律師大聲說道。

「抗議有效。」法官說。

「華倫先生，你是結了婚的人，但怎麼能證明你沒有發生婚外情的可能呢？」

「法官大人，我再次抗議！」傅斯律師忍不住站了起來。

「抗議駁回，這個問題問得很恰當。」

「不錯，檢察官先生，我是多次開車送她回家，而且我們都是單獨在一起，但是，我每次只在外面停留一兩分鐘，從未進過她的住所，更別說在外面偷偷摸摸地約會，做見不得人的勾當了。我是直接從辦公室到她家，沒有辦法找到證人來證明，所以，對你所說的『可能』我也無法否認。」

「好了，華倫先生，接下來我們再來談談你的禮物吧。你平常是個慷慨大方的人嗎？」

「平常？你這話是什麼意思？」

「很簡單，就是你平常送不送東西給你的店員和顧客？」

「偶爾高興的時候也會送，當然不是經常的。」

「噢，那你能否舉個例子？」

「也沒有什麼特別的例子。如果我喜歡某個人的時候，我會送點唱片之類的小禮物給他。」

「也送電視機嗎？」

「當然不會！」

「但是你卻慷慨大方地送給瑪麗一臺彩色電視機呀！你還送過她別的禮物嗎？」

「送過，是在聖誕節和她的生日時送的。」

「那你有沒有過給她錢呢？」

「有過，只是偶爾。」

「怎麼個偶爾法？數目是多少？」

「我只是在她手頭拮据時給，幫她渡過難關，錢數不多，每次也就五塊十塊的。」

「你以為這樣就可以讓陪審團相信，你們之間只是純粹的友誼而沒有其他關係嗎？」

「我們確實只是一種純粹的友誼。」

「華倫，你妻子知道瑪麗的事情嗎？」

「法官大人，」傅斯律師說，「我對檢察官提這種問題進行抗議，這和兇殺案有什麼關係呢？況且這些問題被告的妻子已經作過證。我認為檢察官是在誘導我的當事人，企圖使陪審團產生偏見。」

「法官大人，被告的律師說的不對，我需要弄清證人的性格，所以才問這個問題。」

「駁回抗議。」法官說。

「我從來沒有向妻子提起過。」華倫說。

「瑪麗知道你已經結婚了嗎？」

「知道。」

「華倫，你作為一個已婚男人，應該明白和未婚女孩建立這種關係是不對的，而且你還編造故事，企圖讓人們相信她還與一個只認識四個月的已婚男人交往。你沒有任何證據能證明另外那個人的身分，更不要說那個人的存在了。法官大人，我認為根本就沒有第三者的存在。我請陪審團注意被告的目的，他編造這個故事就是為了掩蓋自己的罪行，他這是……」

「咚！咚！」法官不停地敲著法槌，「哈克先生！我要敲多久你才能注意？不用你來替陪審團下結論，他們自己會做出的。」

「對不起，法官大人，你說得對，我還想繼續問華倫先生一個問題。」哈克檢察官說。

「華倫，假設真像你說的那樣有個第三者存在，注意，我這裡是假設，那麼你認為他為什麼要殺害瑪麗呢？難道他是為了自己的名譽嗎？」

「我想一定是瑪麗不肯墮胎，於是他一怒之下便毆打她，結果失手打死了她。當然他也是為了保住自己的名譽，因為我聽瑪麗說過，那個男人是個大人物。」

「這是你的猜測？」

「對！」

「華倫先生，你看我說的是不是事實：你指望我們相信你的品德，所以才承認和這個女孩有關係；你指望我們相信你只是同情和慷慨，別無其他動機，才承認給她送過禮物；你指望我們相信你有責任感，沒有逃跑，所以當警方到達現場時，只有你在場；你指望我們相信你以前只進入過她的公寓一次，但很多證人都看見你曾多次和她開車到那裡；你指望我們相信有另一個男人與她有染，但實際上根本沒有，也沒有證人證明那個第三者的存在。華倫先生，不要再遮掩了，你以為我們會相信你所說的這一切嗎？」

「我沒有遮掩什麼，那的確是事實。」

「事實？好，我來問你，那個男人給她的五百元呢？警察在現場沒有找到，銀行帳戶裡也沒有，也沒有購買大件商品的物證，那麼，她把那筆錢弄到哪裡去了呢？」

「我怎麼會知道，也可能她又還給那個男人了。」

「法官大人，我沒有問題了。」

「傅斯律師，你還有什麼問題想問證人？」法官說。

「現在沒有，法官大人，我要仔細研究一下這份證詞，後天開庭時再問。」

「那麼，檢察官還有什麼意見嗎？」

「沒有。」

「現在休庭，星期四上午十點繼續開庭審理。」法官敲響了法槌。

星期四上午十點。

「現在開庭，由傑姆法官主審。」

「我要提醒被告，你的誓言仍然有效。被告律師現在可以提問了。」法官嚴肅地說。

「法官大人，我有一個請求，能否在我開始詢問之前，允許我的助手將電視機，也就是第十六號物證的插頭插在插座上？」

「為什麼？」

「因為被告作證時曾經說過，當時電視機需要修理，我希望證實一下。」

「哦，檢察官對此有異議嗎？」

「沒有。」

「好，進行吧！」

傅斯律師的助手傑克很快就將電視機插頭插在插座上。

「華倫，你說瑪麗打電話要你去修理電視機，當你到達她家時，發現電視機是開著的，但只有聲音而沒有影像，是這樣的嗎？」

「是的」

「法官大人，請允許被告離開座位，打開電視機！」傅斯律師說。

「可以。」

「是打開電視機的開關嗎？」華倫走上前問道。

「對！」傅斯律師說，「你打開了嗎？怎麼我什麼也看不到，沒有影像，也沒有線條，螢幕是黑黑的，就像關掉的電視一樣。是這樣的嗎，華倫？」

「是的。」

「可是，我們還是能聽到一些聲音……好像是第七頻道的節目？」

「對，這是調在了第七頻道。」

「好了，華倫。」傅斯律師說，「法官大人，我請求讓衛克漢鎮的高爾警官出庭作證。」

「允許。」

在法警的引領下，高爾警官走上證人席。

「高爾警官，請你回憶一下現場的情景。當你第一時間到達被害人家時，電視機有沒有影像？」傅斯律師問。

「沒有，先生。」

「警察局將電視機取走後，是你負責保管這臺電視機的嗎？」

「是的。」

「這期間是否有人動過它，或者是想修理它？」

「沒有，沒有人動過它，我們只是為了便於取指紋在上面撒過藥粉。」

「就像你所說的，在電視機上只找到被告與受害人的指紋，是這樣的嗎？」

「是的，先生。」

「好了，謝謝你，高爾警官。」傅斯律師微笑著向他點點頭。

「下面，請被告華倫回到證人席上。」法官說。「華倫，你說這臺電視機是你親自組裝的，對嗎？」傅斯問道。

「是的，是我用自己原有的和買來的零件組裝起來的。」

「那你肯定對這臺電視機非常熟悉了？」

「當然。」

「我想請你在法庭上當眾把它打開修理一下。」

「怎麼？」

「法官大人，我抗議被告律師的這種要求！」哈克檢察官大聲說道。

「請問傅斯律師，你這樣做對本案審理有什麼關係嗎？」法官問道。

「有。法官大人，我認為，我的當事人是有罪還是無辜，或許全靠這臺電視機了。我希望被告能有各種機會為自己辯解。」

「好吧，可以進行。」

「華倫，請你用自己的工具袋，也就是二十四號物證，看看是否能把電視修好。」

「是，先生。」

「法官大人，我請你看仔細，現在被告已經撐開一些螺絲，把電視機殼打開了，他取出了組合盤，正在檢查下面的電路。華倫，你找到毛病了沒有？」

「噢，找到了，是一個接頭鬆動了，和我原先想的一樣。沒關係，只要銲接一下就行了……好了，你看，現在有影像了。」

「法官大人，你看，這是第七頻道，不僅色彩鮮豔，而且影像也很清晰。華倫，謝謝你！你可以關掉電視機，回到證人席了。」

待華倫坐穩後，傅斯律師對他說：「華倫，我再問你一個問題，那個電視機殼你是從哪裡弄來的？」

「是從一臺舊的麥克牌電視機上拆下來的，這個外殼輕巧，而且也很好控制。」

「控制？你是指調整聲音大小的開關吧？」

「是的。」

「華倫，這個電視機的外殼或開關上，怎麼沒有任何標誌說明它是黑白還是彩色的呢？」

「嗯，是沒有。」

「請你如實對我說，你告訴過誰這臺電視機是彩色的？」

「沒有，我沒有對任何人說過。」

「那麼，你在法庭作證時，我問過你或者是你自己說過電視機是彩色的了嗎？」

「都沒有。」

「現在，請你告訴法官大人和陪審團，我們為什麼一直不提這臺電視機是彩色的呢？」

「我們清楚，除了瑪麗之外，另一個知道電視機是彩色

的就是他的情人了，因為瑪麗曾經對我說她告訴過那個男人。」

「華倫，關於瑪麗情人的身分我們是不是早就知道了？」

「是的，但是我們無法證明。」

「你說說我們是怎麼知道的？」

「因為瑪麗告訴過我。」

「可你在以前的證詞裡撒謊了！」

「我承認，我是撒了謊。」

「你作證前曾宣過誓，那你為什麼還要撒謊呢？」接著，傅斯律師將頭轉向法官和陪審團，說：「我來補充一下，華倫是在我的同意下撒謊的，對此，我請求你們的原諒。現在我要告訴你們，我和華倫為什麼要撒謊，因為我們知道，瑪麗的那個情人有權有勢，僅憑我們的一面之詞是無法指證他的。所以，我們希望他在法庭上會說些什麼，問些什麼，然後我們從他的那些話裡找到破綻，套出真相。」

「可是，現在大部分電視機都是彩色的，他應該能猜測到那是彩色的呀？」法官有些不解地問。「但是，法官大人，恐怕有一點只有他自己才知道，那就是他第一次遇見瑪麗的時間，也就是四個月前，這一點別人是不知道的。」

「法官大人，我已經沒有問題了。哈克檢察官，現在該把

證人交給你了！」傅斯律師說。法庭上沉默了十幾秒鐘，突然，傳出了一陣「嗚嗚……」的哭聲，原來是哈克檢察官正掩面坐在那裡。

第三者

逃亡

還沒等警車停穩，約翰尼‧肯德爾就第一個跳了下來，舉著手槍衝進了小巷。他對這一帶的地形非常熟悉，看著逃跑者在雪地上留下的歪歪斜斜的足跡，他就斷定那個傢伙已經跑進了一條死胡同，「這次他可逃不掉了！」

　　「趕快出來，我是警察！快！」他大聲喊道。四周沒有回應，只有呼嘯的風聲穿巷而過，似乎還有一個走投無路的人絕望的喘息聲。肯德爾身後傳來拉辛警官急促的腳步聲，他知道，同伴此刻也已經掏出了手槍，雙眼正在緊張地搜尋著。

　　肯德爾和拉辛是在追蹤一個歹徒，那個傢伙砸碎了臨街一個酒店的櫥窗，還搶走了好幾瓶杜松子酒。

　　晚上的月色很好，幽深的小巷灑滿一片藍白色的光。藉著月光，肯德爾突然發現他追蹤的那個人就在前面二十英呎的地方。那個人手中似乎有個什麼東西，閃閃發亮，還微微晃動著，肯德爾來不及過多思考，瞬間就扣動了手槍的扳機。

　　「砰」的一聲，那個歹徒就應聲倒向小巷盡頭的柵欄邊，「砰砰……」肯德爾仍沒有停止射擊，「肯德爾，他都倒地了，難道你瘋了嗎？」直到拉辛驚叫著衝過來，把他的手槍打落並一腳踢開，槍聲才停止。

　　肯德爾的行為顯然是嚴重違反了紀律，所以，他沒等有

關部門來調查，就在兩天之後辭掉了工作，然後離開警察局，開車朝著西面的方向駛去。坐在他車裡的還有一位女孩，名叫桑迪‧布朗，是他的女友，他們原計劃在一個月內完婚的。肯德爾是個很有個性的男人，發生了這件事後，即使是對於布朗這樣親密的人，開始時他也沒有吐露半個字，直到汽車開出了三百英哩後，他才對布朗說了這件事。

「那傢伙是一個老酒鬼，整天遊手好閒，就知道喝酒。事發那天，他先是砸碎了酒店的櫥窗，偷走店裡好幾瓶杜松子酒，然後就迫不及待地跑到那條小巷子深處喝了起來。我發現他時，他正舉著一瓶酒在喝。在月光的映照下，那個酒瓶子閃閃發亮，還有些晃動，當時我以為那是一支手槍或是一把刀，於是就扣動扳機，射出了第一發子彈。看見他倒地之後，我似乎才意識到那不過只是一個酒瓶子。或許是我對自己莽撞的懊悔，或許是我對眼前這個不務正業、嗜酒如命的老酒鬼的氣憤，總之，我失去了理智，繼續舉槍射擊，直到拉辛警官上來阻止了我。唉！我當時是怎麼搞的？」說著，他用微微顫抖的雙手從衣袋裡掏出菸，點著一根，「如果不因為他是一個酒鬼，上司肯定是不會饒過我的，那麼我可能就要到大陪審團前接受審判了！」

坐在一旁的布朗靜靜地聽著，很少質問她所愛的人。布朗是個漂亮的女孩，高高的個子，一頭深褐色的頭髮剪得像

男孩子一樣短，尤其是她笑起來的樣子，甜甜的，很容易讓男人們魂不守舍。不過，你不要以為她總是這麼文靜和男孩子氣，從她的笑容以及淡藍色眼睛深處跳動的神情可以看出，她似乎還有著女人的另一面。

「親愛的，別自責了，我看那個酒鬼還是死了的好，否則他在那個小巷裡喝醉了，也一定會被凍死的！」布朗輕輕地安慰說。

「當時我朝他開了三槍，只是為了保險，如果當時他真的拿著槍，我不是很危險嗎？再說了，他還偷了好幾瓶杜松子酒呢。」肯德爾一邊把車稍稍向旁邊靠了靠，避開高速公路上的積雪，一邊憤憤不平地說道。

「那你敢肯定那個人手中就是武器嗎？」

「我沒有想那麼多，因為當時的情況很緊急。我聽拉辛警官說過一件事。他認識一個警察，在一次追捕逃犯時，一個逃犯先是舉手投降，然後突然開槍射擊，結果這名警察被打成了殘廢。我可不想白白死掉或成為一個殘廢人，如果要說我當時想到什麼的話，或許我想到的就是這件事。」。

「肯德爾，我們還是不要再走了，我覺得你應該留下來參加聽證會，我相信會有公道的。」

「你說什麼？我才不幹呢！因為那樣他們就可以名正言順地解僱我了。」

肯德爾顯然有些不高興了，只見他抽著菸，又順手打開一側的車窗，讓寒冷的空氣吹拂著他的金髮，一言不發地開著車。他今年還不到三十歲，是一個英俊魁梧的男人，在此之前，他的舉止總是很沉穩。

　　「可能我這人並不適合當警察。」他突然開口說道。

　　「那你想去做什麼呢？我們總不能像現在這樣吧，居無定所，在沒有人追逐你的時候四處逃亡？」布朗不無憂慮地說。

　　「你放心，天無絕人之路。我們總會發現一個可以留下的地方，到時候我去找份工作，然後我們就結婚。」看著他一臉憧憬的樣子，布朗苦笑著。

　　「你想的未免太簡單了，除了逃亡，你還能幹些什麼呢？」

　　「我，我可以去殺人！」他凝視著車窗外面的雪，一字一句地回答說。

　　「啊？！」布朗暗暗吃了一驚。

　　他們開車又走了一段時間。肯德爾知道，前面有一個鎮子叫七星湖，離這裡已經不遠了。其實，七星湖這個名字倒很適合這個鎮子的過去，與它的現在卻不太相符。過去，這裡最明顯的標記就是冬天結了冰的湖邊那一棟棟舊別墅，還有那留著深深車轍的泥土路。雖然七星湖離本州最大的城市只有一小時的車程，但是近年來它卻沒得到什麼發展，並未

如人們期望的那樣變成一個時髦的郊區小鎮。

　　或許是七星湖這個典型的中西部小鎮的氣氛讓肯德爾著了迷，或許是他已經厭倦了不停地勞頓奔波，「我們就在這裡住一段時間吧。」他對布朗說，然後將車停在不遠處的一個加油站。

　　布朗下了車，向四周看了看說：「整個湖面都結冰了。」看起來，她覺得這裡不是個適合生活的地方。

　　「那有什麼關係呢？我們又不是來游泳的。」

　　「當然不游，可是，這種避暑勝地的冬天要比一般城市冷得多呀。」

　　最後，他們倆還是統一了意見，決定留下來，因為他們看到，隨著高速公路的建成，七星湖這裡已經不僅僅是一個避暑勝地了。於是，他們就在附近找了家汽車旅館，租了兩個房間，暫時住下了 —— 因為布朗不願意在結婚前與肯德爾同居。

　　第二天早晨，肯德爾和布朗就分頭出去了，一個是去找工作，另一個則是去找更合適的公寓。肯德爾找工作時並不順利，他一連找了兩個地方，都是空手而歸，這讓他不禁有些沮喪。當他找到第三個地方時，那裡的人也對他搖搖頭說：「你看，這裡沒有哪家是在冬天僱人的，很抱歉！」那個人看著肯德爾高大魁梧的身材，接著又對他說，「你這麼健

壯，為什麼不去警察局試試呢？那裡或許會要你的。」

「謝謝你，也許我會去的。」

肯德爾離開這裡後，又去了幾處，但也同樣沒有人僱用。他因為此前發生的那件事，其實並不願意再做警察工作，但現在如果沒有一份工作，他和布朗的生計就難以維持，「看來，我也只能按照那位先生說的，再去警察局試試了。」

他一邊默默地想著，一邊向警察局走去。

「警長先生，你好！我叫肯德爾，希望能在這裡找到一份工作。」

「噢，你好！我是這裡的警長，名叫昆丁・達德。」他坐在一張桌子後面，長著一臉鬍鬚，說話時嘴裡還叼著一支廉價雪茄。桌面上亂七八糟的，書信、報告和通緝名單都散亂地扔在那裡。

肯德爾看得出來，這是一個精明的政客，顯然是從七星湖那些有錢人中選出來的。

「我這裡的確需要一個人。你知道，現在是冬天，每年這個時候我們總要僱人沿著湖邊巡邏，重點看守那些湖邊別墅。天冷了，別墅主人就搬回城裡去住，他們把一些值錢的東西留在那些舊房子裡過冬，當然希望能得到保護。」

「你還沒找到人嗎？」肯德爾問。

「哦，前些天我這裡有一個人。」警長說。接著，他又繼續問道，「你幹過警察這一行嗎？」

「幹過一年多，是在東部警局。」

「噢？那你為什麼要離開呢？」

「因為我想旅行，所以就辭職了。」

「你結婚了嗎？」

「現在還沒有，不過，我只要找到工作，就準備結婚。」

「哦，是這樣的，我剛才說的這份工作是上夜班，每星期薪酬只有七十五元，你做嗎？當然，如果你工作出色的話，到了夏季我還會繼續僱用你的。」

「那我具體都做些什麼？」

「每隔一小時，開著巡邏車圍著湖邊巡邏一遍，重點檢查那些舊別墅，不要讓孩子們進去。就是這些事。」

「你們遇到過麻煩嗎？」

「到目前為止，還沒有什麼嚴重的事情發生。」他又上下打量了一下肯德爾，說，「依我看，你很有能力，不會有什麼事情難住你的。」

「那，我必須要攜帶手槍嗎？」

「當然了。」

「那好吧，我可以試一試。」肯德爾想了想，明確地說。

「很好。不過你要先填一些表格，我需要和東部的警局核對一下，但這並不妨礙你馬上開始工作。」說著，達德警長從腰間抽出一支手槍，「給你，我先帶你去看巡邏車，今晚你就可以開著它執勤了。」

肯德爾接過警長遞過來的左輪手槍，心裡不禁震顫了一下。儘管這支槍和他在東部警局使用的那支不是一個牌子，但它們卻非常相似；所以，當他的手一摸到冰涼的槍把時，那天晚上在小巷中發生的事情就浮現在腦海裡。

肯德爾離開警察局，回到了汽車旅館。他對布朗說了這件事，但布朗只是盤腿坐在床上，表情平靜。過了一會，她抬起頭凝視著他，說道：「肯德爾，你怎麼一個星期還不到，就又這麼快拿起另一支手槍呢？」話語中明顯帶有一絲抱怨。

「你放心，我不會使用它的，我向你保證。」

「如果你巡邏時看到有小孩子破門而入，你怎麼辦？」

「聽我說，布朗，這是工作，而且是我唯一熟悉的工作！你想想，每個星期我可以得到七十五元，足夠我們的結婚費用和以後的生活了。」

「其實，我們怎麼都可以結婚。再說了，我剛剛也在超市找到了一份工作。」

兩人都不再說話，屋內出現了短暫的沉默。

肯德爾把頭轉向窗外，默默地看著遠處山坡上那星星點

點的積雪。又過了一會，他說：「我已經對警長說了，同意接受這份工作，布朗，我還以為你聽到後會很高興呢。」

「沒錯，我是為擁有你而高興，所以我總是站在你一邊。但是，你已經殺過一個人了，我不想讓你再去殺人。聽我說，肯德爾，我真的不想再發生這樣的事了，不管是出於什麼原因。」

「親愛的，別擔心，為了你，我也不會再做那樣的事了。」肯德爾走到床邊，輕輕地吻了她一下。

那天晚上，達德警長先是帶他圍著湖巡視了一遍，然後在一棟空無一人的別墅前停下，教他怎麼發現有人進入別墅。天氣非常冷，一輪明月照在結冰的湖面上，泛著藍白色的光，如同鏡子一般。肯德爾穿著自己的衣服，能表明他是警察的，只有一枚警徽和那把手槍。他很認真地聽著警長的指示，雖然這份工作有點枯燥乏味，但他還是很快就喜歡上了。

「記住，你每隔一小時就要巡視一遍，每次大約二十分鐘，但也不要太機械了，否則別人會掌握你的巡邏規律，鑽空子。你要不斷變換巡邏時間和路線，同時也要沿途檢查一下酒吧，尤其是週末，更要多留神，因為有一群少年經常去喝酒，他們喝醉後常常會闖到別墅裡去。」

「怎麼？他們冬天也到這裡來？」肯德爾疑惑地問。

「誰說不是呢？其實這裡已經不是一個避暑勝地了，可那些別墅的主人就是不相信。」

他們沿著湖邊繼續開車前行。這時，肯德爾似乎覺得腰間的手槍沉甸甸的，他想了想，還是決定對警長說實話：「警長先生，我有件重要的事情告訴你。」

「哦，什麼事？」

「我在東部警局值勤時曾殺過一個人，就是在上個星期，那人是個酒鬼。當時他搶了一家酒店，我在追捕時誤以為他帶了槍，所以就開槍打死了他。我之所以辭職就是由於這個原因，因為警局對這件事要展開調查。我想，你在與東部警局核對時，一定也會知道這件事，所以我應該主動告訴你。」

達德警長點了點頭，看著肯德爾說：「你對我說了實話，這很好，可是我並不會因此而對你產生不好的看法；而且我看得出，你是一個完全能夠勝任這份工作的人，放心吧。記住，在這裡不能有嚴重的事情發生，那幾個喝醉的少年可能是你所面對的最危險的事情，但你對付他們是不需要手槍的。」

聽了達德警長的話，肯德爾心存感激，他連忙說：「請你放心，我明白！」

兩人說話間，車子已經駛離了湖邊。「你把我送到法院門口就行了，然後你自己就去巡邏吧，祝你好運！」達德警

長揮揮手離開了。

　　大約一小時後，肯德爾開始了他第一次的巡邏工作。他緩慢地開著車，把目光主要集中在那些別墅區，嚴防從湖面上來的入侵者。「咦，遠處怎麼有幾個黑影在晃動？」他趕快將車靠上去，結果發現只不過是四個溜冰的小孩。他又開車來到湖的最盡頭，那裡有幾棟別墅，他下車隨意檢查了一下。不遠處有幾個酒吧，他把車開到一個叫「藍斑馬」的酒吧門前停下，只見這裡停放的汽車和進去消遣的人都比別處多，人們的寒暄聲和笑聲不時地傳出，即使在屋外，也可以感受到週末的快樂氣氛。

　　肯德爾將大衣敞開，有意露出裡面的警徽。他在酒吧裡走了一圈，發現大多都是出來約會的年輕人和一些中年婦女，並沒有那一群少年。

　　他跟店主聊了幾句就走出門，正準備上車時，突然聽到身後有人喊他：「喂，副警長！」

　　「出了什麼事？」他停住腳步，回頭一看，原來是一個細高個的男人站在酒吧的臺階上在喊他。看模樣那個人比自己大不了幾歲，只見他慢慢地從臺階上走下來，一直走到離他幾英寸的地方才說道：「其實也沒什麼，我不過是想看看你，你知道嗎，直到上個星期之前，是我一直在做這份工作。」

　　「是嗎？」肯德爾一時不知該說什麼好。

「難道老達德沒有告訴過你他為什麼要解僱我嗎？」

「沒有哇！」

「得了，等你有空的時候，就問問他為什麼不用米爾特·伍德曼了吧。」

「我？」

「這裡面有奧妙，明白嗎？」說完，那個細高個男人笑著轉過身，又回到酒吧裡去了。

望著那個男人的背影，肯德爾有點丈二金剛摸不著頭緒，他只好聳聳肩，又鑽進了巡邏車。

坐在車裡的肯德爾還在思索著：「剛才那個人的話是什麼意思？他丟掉了工作肯定很痛苦，但這跟我並沒有什麼關係呀。」接著，他的思緒又轉換到布朗和他們的未來生活上，他想，布朗一定在汽車旅館裡等著他……等他上完夜班回到他們的房間時，她可能還在睡覺。那他就躡手躡腳地走進去，然後靜靜地坐在她的床邊，直到她醒來。當她睜開迷人的藍眼睛，一下子就擁進他的懷裡，溫柔地說：『嘿，回來了，累嗎？』讓他陶醉不已。」

下班後，肯德爾回到家裡，布朗果然還沒起來，他一直等到她醒來。

「你回來了？工作怎麼樣？」布朗問。

「很好，我想我會對這份工作感興趣的。起來吧，我們一起去看日出。」

「不行，我今天要去超市上班。」

「別瞎說了，如果我們倆都上班的話，一個是白班一個是夜班，我根本就見不著妳，那怎麼行？」

「可是，肯德爾，我們需要錢呀！這裡我們住不起。」

「我們今天不談這件事了，好嗎？」說完這句話，肯德爾突然意識到已經好久沒有聽到她的笑聲了，因為她的笑聲是自己情感中非常重要的一部分，這讓他不禁感到有些悲哀。

第二天晚上，肯德爾又和第一次一樣，每隔一小時就開車繞著湖邊巡邏一遍，還是經常在擁擠的酒吧前停下車，進去檢查一下。來到「藍斑馬」酒吧時，透過瀰漫的煙霧，他又看到了米爾特·伍德曼，只不過這次他沒有說話。

第二天早上下班前，肯德爾向達德警長提到了他：「警長先生，我星期五晚上遇見了一個人，他叫米爾特·伍德曼。」

「哦？他找你麻煩？」達德警長皺著眉頭說。

「沒有。他只是讓我問問你為什麼要解僱他。」

「你真的想知道嗎？」

「不，這跟我沒有絲毫關係。」

「這就對了。如果他再找你麻煩的話，你就告訴我。」達德警長說。

「我們井水不犯河水，他為什麼要跟我過不去呢？」肯德爾聽了達德警長剛才的話，有些不安地問。

「不為什麼，你只要小心一點就行了。」說完，達德警長就忙別的去了。

星期二晚上，剛過了半夜，肯德爾就把車開到「藍斑馬」酒吧的門前。這時酒吧裡幾乎沒有人了，店主熱情地迎上來說：「噢，先生，你來了，我們喝一杯吧？」

「好的。」他接受了店主的好意。

正當他舉起杯子的時候，聽到身後傳來一個男人的聲音：「你好，副警長。」他聽出來了，那是米爾特‧伍德曼在說話。

「你好，我叫約翰尼‧肯德爾。」他為了不找麻煩，就盡量友好地說。

「噢，這個名字好，你大概也知道我的名字了吧？」他笑了笑，接著說道，「我昨天晚上在電影院看到了你們，你的妻子真漂亮。」

「哦。」肯德爾本能地往一旁閃了閃。

「請問，老達德告訴你他為什麼解僱我了嗎？」伍德曼繼

續微笑著說。

「我沒去問他。」。

「噢，你真是個好孩子！不亂打聽就能保住那份一星期七十五元的工作了。」說完，他突然大笑起來，「再見！」他轉身向門口走去。

肯德爾將杯中的酒喝完，也跟著走了出去。天空陰沉沉的，好像要下雪，他坐在巡邏車裡，看見前面路上伍德曼汽車的尾燈閃了一下，然後就迅速消失在拐彎處。這時，他突然產生了一股想要跟蹤那個人的衝動，於是也猛踩油門追了過去；然而當他到了拐彎處時，卻什麼也沒有發現。

自那以後的幾天裡都很平靜，但是到了星期五那天，卻發生了讓肯德爾吃驚的事情。他白天睡不好，頂多睡四五個小時。那天剛到中午他就醒了，於是決定去超市找布朗一起吃午飯。他一到超市，就看見布朗正在收銀臺跟一個男人聊天，那個人就是伍德曼，他們聊到高興時，還會像老朋友一樣開懷大笑。肯德爾愣住了，他悄悄地離開超市，繞過那個街區，邊走邊暗暗對自己說：「他們一定是偶然碰到的，沒有什麼可擔心的。」當他在外面繞了一大圈又回到超市時，布朗正在收拾檯面準備去吃午飯，而那個伍德曼也已經走了。

「妳的朋友是誰呀？」他裝作不經意地問道。

「朋友，什麼朋友？」

「就是剛才跟妳聊天的那個人，我幾分鐘之前經過這裡，看見他在這裡，妳們好像聊得很愉快。」

「你說的那個人呀，我不認識，他只是一個顧客，經常到超市來閒逛。」

此後，肯德爾再沒有提起過這事，但那個週末布朗也沒有催他趕快結婚，這使他很奇怪。

星期一晚上肯德爾休息，達德警長邀請他和布朗去他們家裡吃晚飯，布朗很高興地接受了。

他們如約到了達德警長家，發現警長太太是個年輕漂亮的金髮女人，她非常熱情，招待得也很周到，給肯德爾和布朗留下了深刻的印象。

吃過晚飯後，達德警長帶著肯德爾來到自家的地下室，裡面布置得像一個工作間，「這是我平常消磨時間的一個地方，可惜，我沒有太多時間在這裡。」達德警長說著，順手拿起一個電鑽，在手裡擺弄看。

「你的工作的確很忙。」

「沒法子，我實在是太忙了，但我喜歡你做的工作，真的。」

「謝謝！」肯德爾點了一支菸，將身子靠在工作臺上，「警長，我想問你一件事，我以前沒有問過。」

「說吧。」

「你為什麼要解僱米爾特‧伍德曼？」

「怎麼，他找你麻煩了？」

「沒有，我只是好奇。」

「好吧，我現在可以告訴你。他做這份工作的時候，經常把車停在『藍斑馬』酒吧那邊湖的盡頭的灌木叢中，然後他就帶著女孩進入某個別墅過夜。那傢伙的任務是保護那些別墅，而不是把它們當成他幽會的場所，我不能容忍他這種惡劣行為，所以就把他解僱了。」

「看來，他很會贏得女孩們的歡心了？」

「沒錯，他就是這麼一個喜歡勾引女人的酒鬼，當初我就不該用他！」達德警長惱怒地說。

肯德爾跟著達德警長離開地下室，又回到樓上，只見兩個女人也在愉快地聊著什麼，他們不再談起伍德曼的事。

第二天晚上，肯德爾在例行巡邏時，又在「藍斑馬」酒吧看到了伍德曼，他就躲在路邊的樹後回，一直等到伍德曼從酒吧裡出來，才上車悄悄地跟蹤他到了那個拐彎處；因為上星期伍德曼就是在那裡消失的，他想看個究竟。他看見伍德曼的車拐進一條狹窄的車道，順著那條車道，可以直達湖邊的別墅，他一直跟蹤到兩棟別墅之間。

「那個傢伙肯定是進別墅了，我該怎麼辦？雖然我的職責是阻止不相干的人進入這些別墅，可這個人是伍德曼，我還不想現在就和他發生正面衝突。再說了，他也肯定不會服服貼貼聽我的，到時候我可能不得不使用手槍。」一想到可能要用槍制服對方，肯德爾心裡就有些異樣，他點燃了一支菸，一邊抽著，一邊思考著該怎麼辦。最後，他還是離開了這裡，沒有對伍德曼採取任何行動。

第二天，達德警長遞給他一份油印的名單，「你看，這是一份新的住址電話單，所有的別墅都列在上面，還有一些酒吧的電話號碼也附上了，這些都是你夜間巡邏時要檢查的地方的電話號碼，把它留給你妻子，這樣她在夜裡就能找到你了。」肯德爾接過來，點了點頭。

按說達德警長應該知道他和布朗還沒有結婚，但他卻總是稱布朗為自己的妻子。

「你們還住在汽車旅館嗎？」達德警長問。

「是的。」

「看到過伍德曼嗎？」

「是的，我昨天晚上在『藍斑馬』酒吧那裡看到過他，但沒有跟他打招呼。」

「哦，」達德警長點點頭，沒有再說什麼。

第二天晚上，肯德爾又準備出去巡邏，他向布朗道別，

但布朗似乎顯得非常冷淡。

「你怎麼了？」他問道。

「沒什麼，可能是工作太累了吧，星期四人們就開始進行週末購物了。」

「那個傢伙又來了嗎？」

「誰？」

「就是上次我看見和你說話的那個人。」

「我不是跟你說了嗎，他是一個顧客，經常來，怎麼了？」

「布朗，我……」肯德爾向她走去，想親吻一下她，但她躲開了。

「肯德爾，我覺得你變了，就像個陌生人一樣。自從你殺了那個人後，我本以為你會真的為那件事而難過，可是，可是你現在又拿起槍做起了這種工作。」

「可是我從來沒有把它從槍套裡掏出過，而且我還向妳作過保證。」

「到現在還沒有？」

「如果妳總這麼想，我很抱歉！好了，我要去巡邏了，我們明天早晨再談吧。」他邊說邊朝外走，覺得手槍碰了一下他的臀部。

夜裡很冷，看樣子又要下雪了。

大概是臨出門時和布朗產生不快的原因，肯德爾今晚的車開得很快，還不到十五分鐘就繞完了一圈，他沒有朝沿途擁擠的停車場看一眼。

在第二次巡邏時，他試圖找出伍德曼的汽車，但是沒有找到。

他又想起了布朗。

將近半夜時分，月亮穿過雲層照在結冰的湖面上，明晃晃的，更增添了陣陣寒意。肯德爾把車開回鎮裡，他想再新增一件衣服。當他來到他住的汽車旅館時，發現布朗並不在房間裡，而且床鋪很乾淨，沒有睡過，「這麼晚她去了哪裡？」

他不禁有些疑惑和擔憂。

穿好衣服，肯德爾又把車開回湖邊，他試圖在別墅群中尋找伍德曼進過的那座別墅的燈光；但是那些別墅都像哨兵一樣，黑糊糊地站在那裡，並沒有燈光和人影。他又把車開到「藍斑馬」酒吧門口，進去檢視，也沒有伍德曼。店主遞給他一杯飲料，他就靠著吧檯邊慢慢地喝著。布朗深夜不在旅館裡，四處也不見伍德曼的蹤影，這兩件事攪和在一起，讓他的心情越來越糟糕，以至於當一個大學生到吧檯想為他的女朋友買一杯酒時，他竟然粗暴地對他大喊道：「出去，出

去！你們還不到喝酒的年齡！」要知道，他從前可是從來沒有做過這樣的事。

大約到了凌晨兩點鐘，他正在檢查路邊的一對夫婦時，突然看到伍德曼的汽車飛駛而過，伍德曼的身邊還坐著一位女孩，用一塊大頭巾裹著頭，他想：「她要是布朗的話，我就殺了她！」

第二天早晨，布朗正在梳洗，肯德爾似乎漫不經心地問道：「妳昨天晚上去哪裡了？」

「我去看晚場電影了，怎麼了？」接著，她點著一支菸，轉過臉說，「我每天晚上都是一個人坐在這裡，難道你就不能理解嗎？」

望著布朗那一臉哀怨的神情，肯德爾不禁有些內疚，連聲說道：「我理解，非常理解。」

再後來的一個晚上，肯德爾提前離開自己的房間，開車來到別墅群。他先是把車停在伍德曼曾經用過的一個地方，然後朝著離自己最近的那棟別墅走去。那裡似乎很正常，也沒有人進入的跡象，他又將目光轉向車道另一側的一棟別墅，發現它面對湖面的一扇窗戶沒有關，於是他就悄悄地爬了進去。

進入別墅內，他看到裡面布置得很精緻，落地燈和家具都用大塊的白布罩著，避免從窗縫透進的灰塵落到上面。當

然，他並不是為了來看這些東西的。他四處找著，終於在樓上的臥室裡發現了他要找的東西 —— 幾個啤酒瓶被整齊地擺放在一起，床單沒有被撫平，桌子上的菸灰缸裡丟著布朗抽的那種牌子的菸蒂。雖然看到這些，但他還是努力告誡自己：這並不能證明什麼，布朗不是那種人！不經意間，他又看到地板上有一個揉搓過的紙團，撿起來一看，他看清那是她用來擦口紅的。他把紙撫平，心裡什麼都明白了，原來這張紙就是達德警長在兩天前給他的住址電話單，當他回家後把這張紙交給布朗時，她順手塞進了她的錢包。

他現在全都知道了！

他將一切又都恢復了原樣，然後就悄悄地從窗戶爬了出去。他不能在這裡過多停留，他擔心伍德曼不定什麼時候就會出現，或許就是今天晚上，因為伍德曼也不敢長時間不收拾這些東西。如果不把上一個女孩留下的痕跡清理乾淨，他是絕對不敢再帶另外一個女孩來的。

「今天晚上的女孩會是哪個？一定又會是布朗！」想到這裡，他的心猛地顫抖起來。

肯德爾離開別墅，開車來到了「藍斑馬」酒吧，為了排解心中的煩惱，他向店主要了兩杯酒喝，然後又開始繞著湖面巡邏，他一直在尋找伍德曼的汽車，但是沒有找到。

到了半夜時分，他再次回到酒吧，問店主：「今晚你看

到伍德曼了嗎？」

「噢，看到了，他進來抽菸喝酒了。」

「好，謝謝！」

肯德爾快步走出酒吧，來到電話亭，他往汽車旅館打電話給布朗，但沒人接。他懷著忐忑不安的心情駕車又向那棟別墅駛去，那裡依然沒有燈光，但這次他看到了伍德曼的汽車，「沒錯，他們就在那裡！」

肯德爾把車停在別墅的一側，但是沒有下車。他在車裡坐了很長時間，一支接一支地抽著煙，然後，他從腰間抽出了手槍，經檢查，他知道裡面裝滿了子彈。又過了一會，他開車回到「藍斑馬」酒吧，又喝了兩杯酒。

當他再回到別墅時，看見伍德曼的汽車還在那裡。他走到前門，悄悄地打開窗戶，一步一步，當他沿著樓梯上去時，已經能聽到他們的低語聲了。臥室的門是敞開的，他先在走廊裡站了一會，以便讓自己的眼睛適應黑暗，裡面的人顯然沒有聽到他的腳步聲。

「伍德曼，你滾出來！」他大吼道。

那人聽到有人叫他，先是吃了一驚，然後就罵罵咧咧地從床上起來，「他媽的，是誰在喊我？！」話音還未落，就聽到門外響起「砰砰」兩聲槍響，是肯德爾抑制不住心中的怒火開槍了。臥室裡傳出女人驚恐的尖叫聲，但是肯德爾不肯

罷休，他還是不停地扣動著扳機，「砰砰……」，這次他不用擔心拉辛警官衝上來打掉他的手槍了，沒有任何人能夠阻止他，他要把六發子彈全部射向床上的那對狗男女。

子彈打光了。他扔下手槍，劃著一根火柴，走了過去。只見伍德曼像死狗一樣趴在地板上，身下是一大攤血，床上的那個女孩也在床單下一動不動，他小心翼翼地走過去，猛地一掀床單，「啊？不是布朗，是達德太太！」

完了，這次是徹底完了！他知道，再沒有下一個小鎮，沒有新的生活了。

但是，為了布朗，也為了他自己，他不得不在天寒地凍的時節繼續逃亡。

都是爲了愛

杜松子酒現在只剩下半瓶了，而他剛帶回家時是原封未動的一整瓶。

　　「你準備把我怎麼樣，瓦特？」對他說話的那個女人聲音黏糊糊的，醉眼矇矓。她已經脫掉了毛衣，把一雙粗糙肥大的手放在桌面上，一定是渾身感到燥熱難耐了。唉！這個可憐的安娜呀，她儘管賣弄著風情，但畢竟是紅顏不再，人老珠黃了。你看，她那雙手早已不如多年前那般纖細柔軟，還有那大腿，也暴出了條條青筋，看起來令人大倒胃口。

　　「瓦特，你到底要把我怎麼樣呀？」她笑著又問了他一遍，「是不是要帶我上樓？知道嗎，你不必再用杜松子酒來助興了。」當她將身子探過來時，一對豐滿肥大的乳房軟軟地堆在了瓦特面前的桌面上。

　　「哦，是嗎，知道了。」他頭也沒抬，含糊地答道。他根本就沒打算帶她上樓，雖然他對她還有一種溫情，但也僅僅是一種溫情而已。

　　這個可憐的安娜，儘管頭髮是金色的，但是沒有人相信那是真的。還有那種塗在睫毛上的黑玩意兒，隨著眼睛的眨動一跳一跳的……瓦特告訴過她：「妳可別哭，否則黑睫毛上的那些油流到臉上，就更難看了。」

　　其實安娜並不是個軟弱的人。可能她心理上早有準備，可能她聽到後不會哭，但是瓦特覺得這時還是不能把真話告

訴她，而且他現在也還沒有這種勇氣。怎麼辦呢？為了避免難堪，他只好在兩個酒杯裡又倒滿了酒。

「瓦特，我們不要再喝了，否則我就沒辦法準備晚飯了。你知道嗎，今天晚上我要好好露一手，給你做些好吃的。」她用充滿柔情的語氣說。

他顯得很冷淡，既沒有問她有什麼好吃的，甚至連頭也沒有抬，只是說：「我已經喝過午茶了。」說著，又喝了一大口酒。

她微笑著，也喝了一口酒，不過她的微笑中隱約有著一絲憂慮和關切。

「瓦特，你不是被解僱了吧？」她突然問道。「怎麼會呢？」他搖了搖頭。

其實，他並不是一個懦弱的人，只不過這件事讓他實在開不了口，要想打破這種沉默真難呀，唯有借酒澆愁。可是，如果他再喝的話，就沒法相她談話了。

「不能再這樣拖下去了，即使是為了我自己，也得勇敢起來。對！就在今晚向她攤牌！」他這樣想著。

「安娜，」他終於開始主動說話了。他原本想大聲說，可吐出的話音卻很輕微、柔和，甚至讓人聽起來似乎有些哽咽，「我，我要離開這個家。」

她眨眨眼睛，顯然不相信，凝視了他半晌後，確信他剛

才說的是醉話，或許是自己聽錯了。

「安娜，我真的沒有醉！我想告訴妳，我要離開這個家，就在今天晚上！」他的聲音漸漸大了起來，「本來，我想打電話或者是寫信告訴妳，但畢竟我們相處了那麼長時間，我不能那麼無情無義，所以我還是要當面告訴妳。」

安娜這時真的相信了，可也被嚇壞了。只見她臉色蒼白，嘴唇發抖，臃腫肥胖的面頰也塌陷了下去。過了好一會，她才喃喃地說道：「你，你為什麼要這樣？我沒有做任何對不起你的事呀。」

「沒有，什麼也沒有，妳是位好太太，安娜。」

「可是，你要離開我……這，」她拚命地想著，但卻怎麼也弄不明白，「瓦特，你剛才說的話是真的嗎？」

「是的。」

「那你要去哪裡呢？」

「去另一個女人那裡。」他很不情願地說。他覺得，這件事非告訴她不可，即使現在不說，她早晚也會知道，甚至還可能會當場撞見。

「另一個女人？她叫什麼名字？」說這話時，安娜既沒有生氣，也沒有難過，只是臉上現出一片茫然。

「莉絲。」

「莉絲？」安娜驚訝得一時說不出話來。

瓦特默不做聲，他在耐心地等待著，因為他清楚，這深深地傷害了安娜的自尊。對於一個女人來說，沒有什麼比這打擊更大了，而且這種打擊是不可能在幾分鐘內被化解的。

房間裡頓時陷入一種難堪的沉寂。

「莫非你是指……」她終於能說話了，「是指白蘭地巷弄的那個莉絲？」

「對！」

「難道你要離開我，就是為了去和她同居？這是真的嗎？」安娜突然放下手中的杜松子酒，大聲喊到。

「是真的。」

「永遠嗎？」

「可能是這樣的。」

「居然是那個老莉絲！怪不得在那次大會上我看見你瞟了她好幾次，還有在酒吧裡。」

「沒錯。」

「瓦特，難道你瘋了嗎？那個莉絲年紀比我大，也比你大！」

「嗯，我知道。」

「她比我還要胖。」

「可能是吧。」

「聽著，她既不是瑪麗蓮‧夢露，也不是索菲亞‧羅蘭，她只是個既不漂亮，又毫不性感的老女人。」

「你說沒錯，她什麼都不是。」

「那你為什麼？她有錢嗎？依我看她根本沒有。她是不是今後能讓你過上富有奢華的生活，瓦特？」

「我想不是。今後我還得白天上班，做我原來的工作，然後……」

「然後什麼？不就是夜晚回到她那裡，而不是我這裡。瓦特，我來問你，你要不要離婚？」

「如果方便的話也可以。」

「瓦特，你是瞎了還是瘋了？這究竟是為什麼呀！」極度痛苦的安娜給自己倒了一杯酒，然後一飲而盡。

「這兩者都不是，但我要去莉絲那裡卻是事實。」他覺得，自己有必要告訴她，這樣對忠實的安娜才算公平，或者說至少應該向她作出解釋。

「哼，她算個什麼好女人，就讓你這樣痴迷？老貝爾才死了多久？一年都不到哇！她的丈夫屍骨未寒，她就這樣……」

「對，問題就在這裡。」他抓住機會，打斷她的話頭說

道，「安娜，我的意思是說，老貝爾之所以進了墳墓，完全是因為我。」

「什麼？因為你？」安娜不明白他在說什麼，一臉茫然。

「怎麼說呢，其實，莉絲喜歡我已經好多年了，至於為什麼我不能告訴你。她一直對我有意思，有時和我說些悄悄話，有時邀我出去。我總是對她說：『妳是有夫之婦，居然還膽敢勾引別的男人，妳是個放浪的女人。』可是莉絲的回答總是同樣的一句話：『我從不勾引別的男人，只勾引你一個人。』後來，老貝爾死了，在他的葬禮之後，莉絲對我說：『放心吧，貝爾已經不礙我們的事了，我給他吃了砒霜，如今我終於自由了，也不再是有夫之婦了。』！」

「啊？砒霜！」安娜大吃一驚。

「老鼠藥，你還不明白嗎？」瓦特解釋說。

「不，我不明白。」安娜顯得更加困惑。

「莉絲她是為了我才害死了老貝爾。一個女人為了自己喜歡的男人犯了這樣大的罪，真是少見啊！」

「噢，上帝，這種事的確很少見。」

「我看妳還是不明白，安娜！我並不是說她那樣做是好事，或者是正確的，無論是從法律觀點還是從老貝爾的立場看，都不是。我不過是律師事務所的一個小職員，況且今年已經四十六歲了，可她出於對我的愛，竟然為我做出了這種

事，我真是覺得有些受寵若驚，不是嗎？」瓦特說這話的時候，臉上浮現出一絲自傲的神情。

「瓦特，你這麼容易就被人吹昏了頭，我還是第一次發現。」安娜盯著他說，儘管她手裡拿著酒瓶和杯子，但沒有倒酒。

「這也很浪漫嘛。」

「怎麼，你也是個懂浪漫的人？」她驚訝地問。

「當然了，我懂那麼一點點。不過我得承認，莉絲能做出害死老貝爾這種事，的確讓我很感動。」

「噢，你真是個怪人！」安娜搖了搖頭說。但很快她的情緒就變了，臉色沉了下來，眼中閃著怒火問道，「你說的是砒霜？」

「對。」

「上次警方在莉絲家找到了砒霜，他們難道就沒有懷疑？」

「他們顯然把這重要的證據忽略了。」

「瓦特，我可以把你剛才說的話向警察報告。」

「是嗎？如果妳真想那麼做的話，只會讓妳丟臉。警察會認為妳是一個嫉妒的女人，把妳說的話看作是誣告，而且，我和莉絲也都會否認的。」

「警方可以開棺驗屍，查出存留在屍體裡的砒霜，證明貝爾是被人毒死的，這種案例很多。」安娜眯起眼睛，堅持說。

「開棺驗屍需要很多手續，警方不可能憑妳的一面之詞就去驗屍的。」

「這麼大的事情，未必就像你說的那樣。」安娜說。

「好了，安娜，我們別再爭執了，很多事情有時候就是這樣，我找到了新的愛情，你也會的。」

聞聽此言，安娜眼中突然湧出了淚水，並順著臉頰不斷地流下來。瓦特不想看到她哭，就急忙從椅子上站起來，快步走到門口，透過窗子默默地看著夕陽下的後花園。這時，他聽到一陣抽泣和用手絹擤鼻涕的響聲，原來是安娜也站在了他身後。

「唉！就讓她哭一會吧，她受到這麼大的打擊，有權宣洩內心的痛苦。如果這次告別沒有她的淚水，或許自己還會感到不是滋味。」瓦特想著。

又過了三四分鐘，他聽見安娜打開手提包的聲響，「她可能是拿手絹擦鼻涕，也可能是用圍裙擦眼淚，這都說不定。」瓦特猜測著。

慢慢地，他身後的哭泣聲停止了，他認為現在轉身應該是安全的了，於是就慢慢地將頭轉過來。但眼前的安娜讓他吃了一驚，只見她紅腫著雙眼，頭髮亂蓬蓬的，肥胖的臉上

還掛著一條條黑色的淚痕，唯有嘴唇緊緊地抿著，似乎表明她正在堅強起來。

「你不會留下吃晚飯吧？」她輕輕地問。

「不了，我已經收拾好了一個行李箱，其餘的東西我改天再來拿。」他說道。

「你真的要走嗎？」

「是的。」

安娜看了他一眼，那眼神悽楚而可憐，他差點要心軟了。他原以為把事情說出來是最難的，現在才發現，要真的走出這個家門，離開這個女人更難，必須要有一些勇氣才行。

「安娜，別這樣！」說著，他坐在了她的對面，把剩餘的杜松子酒倒在杯子裡，「來，讓我們為過去的美好歲月乾一杯！」說完，他高舉著酒杯一飲而盡，而安娜則是心不在焉地抿了一口。

「妳不必太傷感，其實妳也沒有損失什麼，」他繼續說道，「我的年齡會越來越大，在今後的日子裡，就讓莉絲照顧我吧，而妳則占有了年輕時的我，不是嗎？來，我們乾了！」

他拚命地喝著酒，似乎不是在鼓勵安娜，而是在鼓勵著自己，讓自己有勇氣走出這裡。喝完酒後，他對安娜那副愁

眉不展的樣子再也無法忍受了，就起身離開廚房，衝進走廊，噔噔噔地跑上樓梯，把床下的行李箱拖出來，然後又從衣櫃裡找出帽子，就準備到那個熱情的女人莉絲那裡去了。

為了把帽子戴得更斜一點，他在衣櫃的鏡子前照了照，看著鏡子中那個男人，他在心裡暗暗問道：「你有什麼出眾的地方，竟然讓兩個女人都愛上了？也看不出什麼呀，嗯，還是挺好看的，好了，現在該走了！」

他帶著滿足和愉悅走下了樓。

當他走到樓下時，突然感到全身發麻，腿也發顫，手根本無法拉動那沉重的行李箱。他只好在樓梯上坐下來，眨眨眼睛，「怎麼？我眼前的一切都模模糊糊的，那原本陰暗的走廊怎麼變得更加昏暗了？」他心裡一急，趕緊把帽簷向上推了推，但仍然無法看清。

「你怎麼了，瓦特？」安娜走了過來，低下頭焦慮地問他。

「我，我也不知道……」

「噢，瓦特，那是我的安眠藥。」她在他身旁坐下，並把多肉的手臂搭在他肩上，「是我今天才配的，整整一盒，我全都倒進酒裡了。」她微笑地看著他說。

「妳什麼時候放的？」他似乎一點也沒有生氣，只是好奇地問。

「是你站在門口背對著我的時候。」

「怎麼？！」

「當時，我的皮包就在手邊，為了遮掩我從包中取藥的響聲，我就故意哭泣不止，又用力擤鼻涕，所以你不知道。我不能讓你離開我到莉絲那裡去，那個老莉絲毒死了她不想要的人，而我則要毒死我很想要的人，因為我比她更愛你！」

說著，她把他緊緊地摟在懷裡。

「唉！這個可憐而痴情的女人呀！她愛自己這樣深，難道不是嗎？」他的頭越來越沉，他躺在她的懷裡，默默地等待著死神的降臨。

「親愛的，睡吧！」她輕輕地拍著他，喃喃地說，「我就在你身邊，但願你今晚做個好夢……」

不知什麼時候，窗外響起了滴答滴答的雨點兒聲。

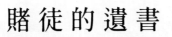

賭徒的遺書

望著床上丈夫那直挺挺的屍體和自己手中的遺書，伊夫琳麻木地問著自己：「妳丈夫已經死了，妳看完他留下的這份遺書後該怎麼辦？是趕快跑出臥室，還是讓那具屍體留在床上，難道妳不害怕嗎？」

　　她把遺書扔在廚房的餐桌上，不過她心裡明白，必須把這份遺書交給警方做證據。

　　「對，應該趕快報警！」她邁著僵硬的步伐走到牆邊，取下電話，話筒裡傳出嗡嗡的聲響，「是警察局嗎？我丈夫自殺了，我要報案！」她說話時，話筒裡的嗡嗡聲還是響個不停，似乎是在嘲弄她，她實在忍受不了了，就嚎啕大哭起來。

　　在伊夫琳的印象中，自己還是有生以來第一次打電話給警察局。小時候，有一次家裡後院的雞窩旁有一個人影在晃動，母親誤認為是小偷，就打電話報了警。結果沒過多久，父親就跌跌撞撞地回來了，原來是他喝醉了酒，誤把雞窩的門當成了廚房門，全家人為這事笑了好長時間。

　　其實，父親不止一次鬧過類似丟人現眼的笑話。當然了，在家鄉的那個農場裡，人們都不會太介意，他們覺得很有趣，往往一笑也就過去了。但是自己眼前的這件事卻不同，它不僅令人恐懼，而且還非常醜陋。

　　伊夫琳報完警後，就走到門外，去了隔壁的梅麗家。

沒過多久，幾個警察就趕來了，他們一邊和藹地安慰著伊夫琳，一邊迅速地勘察現場，調查取證。伊夫琳看著他們做事俐落、技術高超，各種動作都很規範，就像自己小時候接受女童子軍訓練時那樣。在這之前，她曾聽到不少人說警察無能，自己也信以為真，但如今她已經改變了對警察的看法。

　　警察忙碌完就走了，還有摯愛她的丈夫盧克也永遠地走了。現在，房間裡只剩下伊夫琳一個人，她心裡空蕩蕩的。

　　她還記得，盧克是被他們用擔架抬走的，當時她悲傷得險些暈倒，是好心的鄰居梅麗緊握著她的手勸慰說：「別太難過了，人這一生要遇到很多事情，其實每件事情都自有道理。」

　　那天，家裡來了很多人，有警察，有記者，有盧克工作的那家銀行的同事，還有周圍的不少鄰居。警察將盧克的咖啡杯子取走了，那裡面還留有咖啡的殘渣。

　　但是，這些人全都走了，包括最要好的朋友梅麗。她理解梅麗，因為梅麗家裡有兩個小女兒需要照顧，她要做晚飯，儘管她答應過一會再來。

　　孤零零的伊夫琳坐在廚房的餐桌旁，她默默地看著牆上掛著的一塊金屬板，那上面刻著「上帝降福吾宅」的字眼，她在想：「這些字眼與現實相比，不是莫大的諷刺嗎？」接

著，她又把目光轉向廚房正面牆壁的掛鐘上，指標正好在六點三十分上，她又在想：「往常，每到這個時刻，盧克就會按響門鈴，然後衝進來，把一整天經歷過的事情對自己說一遍。對了，自己是從什麼時候開始把他每天的下班稱為『災禍』了？怎麼想不起來了呢？」

當然，她所說的這種「災禍」不過是戲稱，並不那麼可怕。盧克生前是個很健談、愛說愛笑的人，模樣也很英俊，但按照他母親的說法，他總喜歡結交一些「問題朋友」，比如像哈羅德，結果搞得自己經常是手頭拮据，入不敷出。其實，哈羅德也是個不錯的人，他有九個孩子，妻子還是一個公司的董事長，要說哈羅德有什麼愛好，那就是愛賭馬，僅此而已。

「今後再也聽不到盧克的笑聲了，也聽不到他走進廚房沒完沒了地講述自己一整天在外面的經歷了。還有，他總嘲笑我是這個城市最可愛的嘮叨者，這種快樂的玩笑也沒有了。既然歡樂、恐懼和厄運都過去了，我還剩下什麼？只能是羞恥和憂傷！」一想到這裡，伊夫琳不禁悲從中來，她伏在桌子上，將頭埋在臂彎裡，嗚嗚地哭了起來。

據羅傑警官事後說，當時他來到伊夫琳家門外按了三次門鈴，都沒有人回應。他心裡開始緊張起來，又使勁敲門，伊夫琳才滿臉淚痕地出現在門口。

看到羅傑警官，她擦了擦臉上的淚痕，客氣地將他請進小起居室。這是一個很整潔的小房間。坦率地說，當她看見這位警察時，心情就平穩多了。羅傑警官的年紀和她記憶中的父親的年紀差不多，面對這位和善的長者，她內心突然湧起一股衝動，她想告訴他，自己能夠從丈夫離世帶來的巨大悲痛中頑強走出來，繼續生活下去的。

　　她請羅傑警官坐在沙發上，並端來咖啡，然後平靜地說：「羅傑先生，我和盧克生活了這麼多年，他是一個善良可愛的人，他從沒有傷害過我，反而是我經常罵他，只是，只……，」她停住了，抬起頭看著天花板。過了一會，她接著說，「你可以把他視為一個無法自制的賭徒，我的意思是說，他真的是不能自制，羅傑先生，你相信嗎？」

　　「我相信。現在這種人很多，在他們眼裡什麼都要賭，如果盧克先生還坐在這裡的話，他可能也要和我賭。我跟你說一個小故事，我認識一個人，實際上也是我的一個同鄉，他就是一個毫無自制的賭徒。有一天，他妻子在醫院裡生孩子，他去醫院探望時，看見病房裡有一盆玫瑰花，他就和護士打賭說：『我敢保證，第二天早上就會有兩朵蓓蕾開花。』然後他的腦子裡想的都是蓓蕾，卻絲毫沒有嬰兒的印象。更有意思的是，他居然第二天上午還要再到醫院去收賭金，你說怪不怪？」

「哼,盧克就是那樣。我知道現在有像『戒酒會』那樣的『戒賭會』,就告訴他並建議……」

「嗨,我的那個老鄉就加入了那個『戒賭會』,據說還挺有收穫。」羅傑警官笑著說。

「可是盧克根本不參加,他還對我說:『親愛的,請妳不要破壞我的生活樂趣好嗎?妳放心,我不過是玩玩罷了。』」伊夫琳一臉無奈地說。沉默了一會,她的聲音開始發抖,「後來,他又開始挪用公款去賭。那怎麼會是玩玩呢?一個不能自制的賭徒居然在銀行工作,真造孽!」羅傑警官看得出來,伊夫琳說這話時,充滿了無奈和怨恨。

過了一會,伊夫琳站起來,開始煩躁地在屋裡走來走去,她不知道該不該把她昨天晚上和盧克吵架的事告訴羅傑警宮。昨天晚上他們爭吵時,她罵丈夫說:「盧克,你知道嗎,有些人把名譽看得比生命還重要,如果失去了名譽他們寧可去死,告訴你吧,我恰恰就是這種人!」

伊夫琳正在猶豫著,羅傑警官說話了:「我們已經接到銀行的電話,說到公款短缺的事,這證明你所說的一切都是事實。」

她顯然沒有注意到羅傑警官的話,因為她滿腦子想的還是昨天晚上的事。她記得,盧克在幾星期前曾對她說:「這次錯不了,寶貝兒,妳放心吧,這匹馬絕對可靠,等星期一

上班時，我會把這些錢還回銀行，神不知鬼不覺！」當時她還稍稍鬆了口氣，可是，殘酷的事實卻是：那匹馬並不可靠，錢也沒有回到銀行。

「怎麼辦？」她深深地吸了口氣，第一次有了個想法。

「哦？」這時她彷彿才意識到羅傑警官在這裡，「警宮先生，你，你到這裡來做什麼？」

「噢，我很惦記妳，妳知道嗎，我有一個女兒年齡和妳差不多。妳家裡發生了這麼大的事情，我也很同情妳，所以就過來看看。告訴我，妳現在想幹什麼？我可以幫助妳。」羅傑警官和藹地說。

伊夫琳默默地聽著，她想到了今後的生活，想到了自己的未來。

過了一會，她對羅傑警官說：「我很想回到印第安納去，因為那裡是我的家。你或許還不知道，我從小是在農村長大的。三年前我上了州立大學，我和盧克就是在那裡認識的。當時他對我花言巧語、百般殷勤，後來就把我帶到城裡。我們結婚後，也曾回過家鄉的農場一次，但是他對那裡很不喜歡，唯一讓他感興趣的就是打賭。比方說母牛生小牛時，打賭是生個小公牛呢，還是生個小母牛。」說完，伊夫琳低下頭來，看著自己手裡的咖啡杯，而一旁的羅傑警官也是憐憫地看著她，他們就這樣靜靜地坐著。

最後，羅傑警官從制服的口袋裡掏出了那份遺書。

「啊！怎麼？」她一看見它就激動起來。

「警官先生，我不想再看見它！求求你了！」她慌忙站起來，幾乎哀求著說。

「噢，我知道。但有些事情我必須要問你。」羅傑警官溫和地說。接著，他將那份已經被揉皺的遺書打開，一字一句地讀道，「親愛的，原諒我，事情果然如妳所說。告訴老頭子，我的運氣不好。」

「老頭子就是指的尤金先生，他是盧克的老闆。」她小聲說著。

「可是，兩星期前尤金先生就退休回老家了，難道盧克沒有向妳說起過嗎？」羅傑警官兩眼盯著她緩緩地說。

伊夫琳的臉色立刻變得慘白。她心裡明白，盧克根本就沒有跟她提起過老闆退休的事，無論是他們和好時的甜言蜜語，還是爭吵時的惡語相向。

「也可能是他說過，而自己沒有聽到？如果聽到的話，自己就不至於到如此境地了。唉！事情怎麼會是這樣！居然敗在這份遺書上。」她懊惱著。

伊夫琳還清楚地記得，那天，當她把藥倒進盧克的咖啡裡時，就禁不住渾身哆嗦，那情形已經夠可怕的了，然而更讓她心碎的是盧克喝了咖啡後發出的痛苦呻吟，還有她和他

的吻別。但讓她萬萬沒料到,或者說最讓她難受的還是那份
露了餡的遺書。

二比一

當卡特和雪莉走進這家旅店時，已經是凌晨兩點半了。本來，他們是打算早一點住進這家旅店的，可是汽車在路上出了故障，而且花了很長時間也沒有修好。

　　卡特和雪莉辦完登記手續後，就在服務生的引領下來到樓上的一個房間。由於一路的疲勞，他們想儘早休息，卡特把鬧鐘定在了早晨七點，到時候他要準時起床，然後就很快進入了夢鄉。

　　第二天早晨，卡特在鬧鐘的鈴聲中醒來。他看看身邊的雪莉還在熟睡，就沒有驚動她，自己輕輕起床穿好衣服，然後就開車出去找修理廠。他一連跑了好幾條街，最後才在距離旅店八條街的地方找到一家。他把汽車停在那裡，向修理人員說明了取車時間，而後就徒步回住宿的旅店。途中經過一家餐廳，他進去吃了早點。

　　卡特從早晨開車離開，到吃完早點後返回住所，他在外面的時間大約是一個小時。

　　他來到所住的房間，敲敲門，裡面沒有人回應，「雪莉肯定還在睡覺。」他想，接著又敲了敲，還是沒有回聲。為了不驚醒雪莉，他只好從樓下的服務檯取來鑰匙，然而當他打開房門後，卻發現裡面空無一人。

　　「她到哪裡去了呢？」卡特聳聳肩，他知道雪莉平常就有晚起的習慣，所以也沒有太在意，認為她可能是到外面去吃早點了。

卡特開始坐在房間裡等她。

在這個季節，炎炎的烈日烤灼著大地，非常悶熱，好在他們住的房間裡有空調，所以就顯得涼爽舒服多了。

卡特和雪莉這次是出來旅行的，其實他這個人並不願意出來，只是抵不上雪莉的左磨右勸，非要拉他到海濱度假，他沒有辦法只好同意了，但說心理話，他覺得這種度假簡直就是遭罪。

他們的房間裡有兩張床，雪莉昨晚睡的是靠窗戶的那一張。這時卡特才注意到，自己睡過的床鋪被褥凌亂，因為他早晨出去時沒有整理，而雪莉睡的那張床卻像根本沒有人睡過一樣，被子和床單都整整齊齊的，「咦，怎麼會是這樣？」他不禁有些疑惑。

這時，女服務生走了進來，她很禮貌地和卡特打了聲招呼後，就開始整理房間。她先把卡特的床鋪整理好，然後又看了看雪莉的床鋪，卻沒有動手，顯然認為是符合標準的。接著，她就開始擦桌子，可是剛擦了幾下，她就蹲下身子似乎在找什麼，甚至還趴下掀開床單尋找。

「你在找什麼？」卡特問道。

「噢，是一個菸灰缸。我們在這種型別的房間放兩個菸灰缸，每個床頭櫃上一個。你看，現在只剩下一個了，另一個呢？」

「哦。」卡特也開始幫著尋找，但沒有找到。這時，女服務生漫不經心地掃了他一眼，用略帶不屑的口吻說：「其實，這種事情也時有發生，有的客人在離開時，經常不經意間把客房裡的小東西裝進自己的行李箱，順便帶走。」

卡特聽著這話很不順耳，於是冷冷地盯著她說：「小姐，請不要含沙射影，我還沒有走呢。再說了，即便我想順手牽羊，那也只是毛巾或者香皂，菸灰缸對我來說毫無興趣。」說完，他將頭扭向了一邊。

女服務生沒有吭聲，打掃完房間就離開了。卡特還在為剛才的事不高興，他感到身上一陣悶熱，就打開衣櫥，準備把脫下的外套掛進去。

然而令他吃驚的是，衣櫥裡雪莉的衣服一件都不見了，只剩下自己的衣服還掛在那裡。

他不禁皺皺眉頭：「不對呀，我昨天晚上明明看見她睡覺前曾打開過衣箱，把所有的衣服都掛進去了，而且我還看見她把空衣箱放了在床邊，怎麼現在連衣箱也不見了？」他又打開五斗櫥，發現裡面擺放的也都是自己的內衣和內褲。

這太奇怪了！他又把房間的各個角落檢查了一遍，結果也是一無所獲，沒有留下雪莉的任何痕跡，哪怕是一根髮絲，好像她這個人突然人間蒸發了一樣。

卡特再次坐了下來，他對眼前的事情百思不得其解。

「如果雪莉只是出去吃早飯，她不應該連衣箱和行李都一起帶走呀！當然，也有另外一種可能，就是她棄他而去了。如果真是那樣的話，那可太好了！這也正是自己所盼望的事情。」一想到這裡，卡特又不禁深深地嘆了一口氣，他知道，雪莉是不會輕易讓他解脫的，他們在一起生活這麼多年了，他對雪莉的脾氣和秉性了解得太清楚了。卡特沒有別的辦法，只有繼續等待。他知道雪莉經常做些古怪的事情，自己也不必大驚小怪，他相信雪莉一會回來後，一定能給自己一個合理的解釋。

　　他又第三次坐了下來，耐心等待。

　　現在想想，卡特真是搞不懂自己當初為什麼會和她結婚。在結婚之前，他們兩個人就性格不合，經過婚後這麼多年的磨合，還無法達到情投意合的程度。雪莉控制著家裡的經濟大權，所有的錢都由她說了算，尤其是對他還很小氣，以至於他手頭有時連個零用錢都沒有，如果遇到朋友聚會更是尷尬。這樁婚姻帶給他的沒有幸福，只是煩惱和懷悔，但是他又無法擺脫，因為雪莉死死地纏著他，根本就不同意離婚。

　　卡特又坐等了一會，還是不見雪莉的蹤影。

　　「她不會是外出吃早點時出意外了吧？不能呀！如果真是那樣的話，應該有人來通知的。再說了，她的身分證、電話本都隨身帶著，而且她還有房間的鑰匙，鑰匙上也有旅店和

房間號，應該沒有問題呀。」他的目光又落到雪莉昨晚睡過的那張床上，感到疑點越來越多，「她的衣服和行李問題該怎麼解釋呢？難道是有預謀的？或許不是單純吃早點那麼簡單？」他又試圖換一個角度思考，「假設（只是假設）雪莉是跟別的男人私奔了，可那該是怎樣一個糟糕的男人呢，居然會看上雪莉這種相貌平平，年齡又大，性情暴躁的女人呢？自己是一個很敏感的人，如果在自己和雪莉之間有第三者存在的話，自己是絕不會毫無察覺的。」

錶針已經指向了晚上六點，雪莉依舊未歸。「難道她真的是和別的男人私奔了？這種可能性太小……可是，現在的世界無奇不有，也說不定就有哪個慾火中燒的野男人……」

到了晚上八點，雪莉還是沒有回來。這時，卡特感到陣陣睡意襲來，他躺到床上打算先休息一下，結果這一覺就睡了三個多小時，等他醒來時已經是夜間十一點半了，房間裡依然是他一個人。

卡特呆呆地望著雪莉那張空蕩蕩的床，卻怎麼也想不出雪莉整日不歸的理由。他想：「她平日最看重的是錢，如果她真的和別的男人私奔，會不帶錢走嗎？像她這樣一個見錢眼開的女人，哪怕是一美分她也不會輕易放棄的。」卡特確信，如果讓雪莉在金錢和感情之間作選擇的話，她肯定會選擇前者的。

「那麼，她會不會背著自己事先把財產都整理好了呢？猜

想不會，因為整理財產是件很麻煩的事情，再說自己還不至於糊塗到不聞不問的地步。雖然錢由雪莉掌握，但自己知道每個美元的存放處，雪莉肯定沒有動過。」想到這裡，卡特的心稍微放鬆了一些。

不過，他所面對的現實是 —— 他的妻子雪莉這樣一個大活人，竟然連同她的提包和行李都莫名其妙地不見了。

卡特決定向警方報案。

他穿上外衣，又喝了一口酒，就下樓來到服務檯，這裡坐著兩個值班的服務生，「對不起，我太太失蹤了，請問，我該怎樣向警方報案？」卡特問道。

「什麼？」那兩個服務生顯出很吃驚的樣子，他們顯然沒有想到這個顧客深夜來到櫃檯是報警的。卡特後來才知道，那兩個服務生一個叫亞克，另一個叫克爾。

「請問，你就是卡特先生嗎？」過了好一會，那個叫亞克的問道。

「是的。」卡特沒想到自己留給他人的印象這麼深，居然第一次投宿就有人記住了自己的名字，因此頗有些得意。

「你剛才說什麼？你的太太失蹤了？」亞克看著他問道。

「是的。我今天早晨七點鐘出去修理汽車時，她還沒有起床。然而當我從外面回來後，卻發現房間裡沒有人。當時我還以為她出去吃早點或者是買東西了，就沒有太在意。可是

我從白天一直等到深夜，直到現在她也沒有回來，我不得不擔心了，她可能是發生了什麼意外，所以我要趕快報警。」卡特焦急地說。

「哦，」亞克聽完，翻開旅客登記簿開始查對，一頁一頁，直到最後一張，「不對呀，卡特先生，登記簿上只有你一個人的名字，並沒有你太太。」

「不可能！我是和我太太一起來到這裡起登記的，事實是她現在失蹤了。」

「真的沒有，對不起，先生。」亞克做了一個無奈的手勢。接著，他又十分肯定地說，「我記得很清楚，你來登記的時候是一個人，絕對沒有你太太。」

「明明是我和太太一起來登記的，這種事情怎麼可能記錯呢？」卡特簡直有些哭笑不得。

「你說得對，先生。」亞克點點頭，「按理說，這種事情是不大可能記錯的，可是我的確記得你來的時候只有一個人。」說著，他朝旁邊的一個服務生招了招手。

那個服務生立刻跑了過來，卡特一眼就認出這是為他們提行李上樓的人。

「噢，是這樣的，」亞克指著卡特說，「這位先生說他的太太失蹤了，如果我沒記錯的話，昨天應該是你為他提行李上樓的。」

「是的，是我提行李上樓的，但只有他一個人，並沒有任何女人跟他在一起。」那個服務生十分肯定地說。

卡特愣了，他盯著服務生說：「你再好好想一想，我太太的個子很高，頭上還戴著一頂無簷南紅帽子。」

「先生，我不會記錯的，當時就你一個人。」

「不可能！」卡特對自己的記憶力絕對相信。他還清楚地記得，他和雪莉是凌晨走進這家旅店的，在服務檯值班的是亞克，是他登記的，那個幫助提行李的服務生也在。對！當時大廳裡就只有這兩個人。

「可他們為什麼要串通一氣，堅決不承認有雪莉呢？」卡特頓時感到問題並不是那麼簡單了，雪莉不可能是和人私奔了，一定是出了什麼意外。為了把事情打探清楚，卡特用五美元作為好處費，從另外一個人的口中得知，昨天凌晨幫助他們提行李的那個服務生是亞克的親弟弟，名字叫里森，是一個有入室盜竊前科的傢伙。

「竟然會是這樣一個人？」卡特覺得需要好好調查一下雪莉的失蹤之謎了。

他還清楚地記得，當自己早晨七點鐘離開房間時，看見雪莉還曾翻了個身，至於自己走後她是繼續睡覺，還是出去吃早點就不得而知了。既然里森有犯罪前科，就不排除他看見自己和雪莉兩個人都出去了，就偷偷地鑽進房間裡翻東西

的可能。通常雪莉的早點只是一杯咖啡，所以很快就回來了，結果正好撞上正在行竊的里森。兩個人扭打起來，里森情急之下很可能順手抓起一個菸灰缸砸向雪莉，雪莉就倒下了。別看菸灰缸不大，但一個男人如果用力砸下去的話，讓一個女人去見上帝也是很容易的事情，或許女服務生要找的就是那個置雪莉於死地的菸灰缸。

　　卡特繼續進行著推測：里森看到出了人命，就慌忙去找他哥哥亞克。亞克自然清楚弟弟犯下人命案的後果，如果讓人發現了屍體，里森肯定是第一個嫌疑人，因為他有犯罪的前科。兄弟兩人經過商議後，決定馬上將屍體處理掉，再把她的所有東西都拿走，造成她根本就沒有來過旅店的假象。

　　卡特認為自己的分析很有道理。不過，還有一個問題讓他感到無法解釋，這就是：自己的確是和太太一起來的，而對方卻堅持推說沒見到。如果雙方僵持下去的話，必然會鬧到警方那裡，實際上，這樣對亞克他們並沒有好處。他們為什麼不說看見雪莉離開旅店了，至於她為了什麼，去到哪裡他們也不得而知，那樣豈不是更省事？

　　卡特又倒了一杯酒，邊喝邊思索著：他們又是怎樣處理她的屍體和行李呢？白天運出去嗎？顯然不行，因為人們都開始各自的工作了，肯定會被人看見。最好的方式當然是先找個地方藏匿起來，等夜深入靜的時候再運走，而且他們也

可以創造有利條件 ── 兄弟兩人一同當班。那麼，雪莉的屍體究竟會藏於何處呢？恐怕最簡便的方法就是藏在離這裡最近的空房子裡。

想到這裡，卡特就開始行動了。他輕輕地把房門關好，然後躡手躡腳地走到外面的通道，來到右邊的第一個房間門前。他小心翼翼地轉動門把手，門居然沒有鎖，透過推開的一條縫，他看到一對赤裸的男女正在床上雲雨銷魂，「幹這種事情竟然還忘了鎖門！」嚇得他趕緊關上了門。

「這種逐個房間檢查的方法不可取，要是再遇到什麼難堪的事就麻煩了。」卡特心裡想。他繼續四處搜尋著，最終將目光落在通道盡頭一間沒有門牌的房間上。他輕輕走過去，原來這是一個放清掃工具的房間。他進去一查，沒有發現雪莉的屍體，不過他注意到，這個房間不僅便於藏身，而且還是觀察通道裡任何房間動靜的最佳位置，如果有人在通道裡搬運東西，在這裡可以看個一清二楚。

「對，我就在這裡守株待兔！」卡特打定了主意。他轉身回到房間取了瓶白蘭地，然後躲進這間小屋。他把拖把、水桶和掃帚這些雜物都堆在一邊，正好擋住自己的身體，再把房門留出一條小縫，然後就舒舒服服地坐下來，邊悠閒地喝著酒，邊從門縫向外觀察著。

在寂靜的深夜，時間一分一秒地過去，酒也一杯一杯地

下肚。到了凌晨三點，卡特手中的白蘭地酒瓶已經空了，他正思索是不是再回房間取一瓶時，突然聽見通道裡傳來一陣「咕嚕咕嚕……」的聲響。他透過門縫一瞧，只見里森正用行李車推著一個大箱子從通道裡走過，他一直走到通道的那一頭，然後推開一個房間的門進去了。

卡特的心頓時緊張起來，他一會瞧瞧門縫，一會又看看手錶。十分鐘，十五分鐘，二十分鐘，沒有看見里森走出來，他不禁有些焦急：「這傢伙怎麼進去這麼長時間？難道又出了什麼差錯？」

里森終於出來了。他仍舊推著那輛行李車，只不過上面多了兩個衣箱，卡特一眼就認出那是雪莉的。

里森盡量放慢腳步，試圖讓車輪的聲音小一些。

「這隻狐狸終於出洞了！」卡特推開清潔間的門，迎面走了上去，「嗬！夥計，你總算出來了。讓我猜猜看，這口大箱子裡應該是一具屍體，對不對？」他兩眼緊緊地盯著里森說。

「怎麼，是你？」里森被突然出現的卡特嚇了一跳。他臉色慘白，渾身顫抖，然後嘆了口氣說，「你猜得沒錯。不過，我得先和我哥哥商量一下，我們倆是有分工的，他負責謀劃，我只是具體行動。」

「可以。」卡特冷冷地說，「我房間裡就有電話，你不用再推著車往下走了。」在卡特嚴厲的目光下，里森只好把車子

推進卡特的房間，打電話找亞克。

「我哥哥知道了，他馬上就過來。」里森放下電話，擦了擦頭上的汗說。

「是不是因為我太太撞見你正在我們的房間偷竊，為了殺人滅口，你就殺害了她？」卡特冷笑了一聲，問道。

「沒有，我只是想看看，並沒有偷東西的意思，真的。」里森哭喪著臉說，「先生，我已經有七年的時間都洗手不幹了，我是有老婆和三個孩子的人，他們都不讓我再做這種事。可，可是，我有一種看人家東西的嗜好，當時我只是想看看。」

「什麼？看別人東西的嗜好？」卡特有些不解地問。

「是的，我只是看一看，然後在心裡給它們估個價，計算一下如果偷走後能賺多少錢。我曾有過很多次機會，但都沒有動過手。比如，去年的一次，我本可以將價值六七千元的東西偷走，但是我沒有。先生，我每次不過是想一想而已，請相信我。」里森解釋說。

「可是，這次你被我太太撞見了，她可絕不會認為你只是看一看或者想一想！」

「是的，她肯定認為我是個竊賊。」接著，里森似乎又很氣憤地說，「你太太的脾氣怎麼那麼暴躁，我還從來沒有見過這樣的女人。當時，她大叫一聲衝了進來，拿起提包就砸

我的頭。我躲閃開了，誰知道她由於用力過猛，腳下的高跟鞋一滑，人就跌倒了，頭部正好撞在床頭櫃的菸灰缸上。菸灰缸碎了，她的頭也被撞出了個大口子，血不停地流著，很快她就死了。不過我可以向你保證，她死時沒有遭受多大痛苦。」

「那麼，你們拿走她的衣箱和行李該作何解釋呢？」

「當時她的頭被撞破後，很多血都流在了旁邊的衣箱上，如果我們不拿走衣箱，肯定會招致警察的懷疑。而且我們還想到，人們通常出走時不可能只拎個空衣箱，肯定還會有些其他物品，因此我們就將她的東西都拿走了，製造一種她根本就沒來過旅店的假象。後來你找到櫃檯時說她來過，而我們則堅持說沒有，『二比一』。」

「那你們打算怎樣處理我太太的屍體？」卡特問道。

「在北邊有我哥哥家的一塊地，那裡有一口廢棄多年的枯井，我們打算趁夜深的時候把屍體扔進去，然後再填上土，就神不知鬼不覺地解決了。」里森正說著，就聽到門外有人敲門，原來是亞克上來了。

亞克迅速閃進來，他掃了一眼房間的情況，又看了看弟弟和卡特。

「里森，你剛才都對他說了什麼？」亞克問道。

「沒說什麼。」

「那就好。」亞克滿意地點了點頭。

「其實，事情的經過應該是這樣的：卡特先生，你打電話到服務檯，讓人送一口大箱子來，里森很快就把箱子送上來了。你告訴他二十分鐘後再來一次，里森按照你的吩咐二十分鐘後又來了。這時，你要他把箱子運到地下室，然後再運走。但是，里森注意到箱子上有血跡。」亞克一邊說著，一邊把衣箱翻了個遍，讓沾有血跡的一面朝上，「這時，里森想起你曾到服務檯無理取鬧，說自己的太太失蹤了，他立刻對這個箱子產生了懷疑，就打電話叫我上來，所以我現在就站在了這裡。卡特先生，你說我們是先打開箱子檢查呢？還是立刻通知警方？」亞克說完，用一種嘲弄的目光看著卡特。

看著亞克這副賊喊捉賊的無恥嘴臉，卡特不禁怒火中燒：「住嘴！你這是誣陷，完全是一派胡言！」

「沒關係，我們是二比一。」亞克微笑著說。

「你別做美夢了！里森的指紋到處都是，我敢保證，衣箱裡肯定也有。如果警方來了，你怎麼解釋？」卡特抓住了一個要害問題，咄咄逼人地瞧著亞克說。

亞克顯然忽略了這一點，他想了想，說：「哦，卡特先生，還真要感謝你的提醒，指紋問題的確不好解釋。那只好這樣了，如果我和里森需要坐牢的話，我們就把你也拖下水，說你僱用我們殺害了你太太。其實，你和太太一到旅

店，我就看出你們之間不和睦，我們要想找到你們夫妻不和的旁證並不難。」亞克的話中綿裡藏針。

站在一旁的里森對哥哥的這個計謀佩服極了，連聲說道：「太好了！我們都是一個繩上拴的螞蚱，如果要坐牢，誰也跑不了。」

「亞克這傢伙真夠歹毒的，居然想把我也拖下水。」卡特恨恨地想著，同時他也擔憂，如果他們與警方串通起來，自己肯定會有麻煩的。

看到卡特短暫的沉默不語，亞克也大致猜到了他的心思，就依然不緊不慢地說：「卡特先生，我們不妨換個角度說，我們兄弟倆與你們夫婦之間並無恩怨，之所以出現這種悲劇，完全是由於你太太的暴躁性情引起的誤會。如果我們找個更合理的理由來結束這件事情，不是更好嗎？人還是少給自己找麻煩好。再說了，我們都是成熟而明智的人，何必要去驚動警方呢？那樣對誰都不利。我早就看出來了，你是個喜歡自由的人。」

「唉！他的話也不無道理。」卡特心裡想。他看了看亞克，沒有吭聲。

沉寂了片刻，卡特瞧著眼前那口沾滿血跡的箱子，冷冷地說：「人死不能復生，既然事已至此，我只能接受你們的做法了，趕快把屍體弄出去處理掉吧。」

「這樣吧，我先把箱子裡的東西搬到卡車上，然後再來搬你太太。」里森彷彿得到赦令一般，馬上開始推車。

「怎麼？這箱子裡的不是我太太？」卡特吃驚地問道。

「不，不是！」里森笑了一下，說，「這裡是克爾，他聽到你說太太失蹤後，就對我產生了懷疑，事先躲到房間的壁櫥裡等我。當我正要把你太太裝進箱子時，他就從壁櫥裡突然跳了出來，認為抓住了把柄，向我要錢。其實，他這樣做並不是為了幫你找太太，只是想勒索。」里森停頓了一下，接著又說。「我必須要解決掉克爾，所以又打破了另一個菸灰缸。這傢伙太重了，我費了好大力氣才把他裝進箱子裡。你太太還在那邊的屋子裡。」

一旁的亞克不由得又嘆了一口氣：「看來，我還得絞盡腦汁想個克爾失蹤的理由。什麼理由好呢……對！就以旅店的公款失竊為藉口，一來我們也的確需要錢，二來也可以把克爾失蹤這件事遮掩過去。好，就這麼幹，還可以一舉兩得。」

當里森第二次回來搬卡特太太的屍體時，卡特特意叫住了他，給了他五元小費，作為對他搬了那麼多東西的犒賞。

一切都已塵埃落定，卡特也感到有些疲勞了。不過，還有一件重要的事情他不能忘，那就是撥打一通電話。

「喂，我是卡特，我們的計畫有變，現在取消幹掉我太太

的約定。什麼？噢，我改變主意了。哦？違約金，這樣吧，我付給你約定數額的四分之一。好，好的！」原來卡特撥打的是一個職業殺手的電話號碼。

　　卡特喜歡過無拘無束的生活，半個月前他剛剛買了一大筆保險，看來一切都隨心所願，現在他準備美美地睡上一覺了。

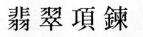

翡翠項鍊

傑克把車停在一個斜坡下的路邊，然後走下車環顧四周，只見這一帶的住宅依山而建，家家都很有氣派。這些住宅不僅草坪平整、昂貴，而且連車道和平行鋪設的石板路也很寬闊，只不過石板由於風吹雨淋，已經出現不少坑窪之處了。

　　在車道的盡頭，有一個不大的車庫，裡面停放著一輛新式的凱迪汽車，此刻它也彷彿好奇般地探出半截身子，望著外面的世界。從外表看，這輛汽車後部的擋泥板已被撞裂，上面的斑斑鏽跡表明它在被撞後的很長時間都沒有修理過。

　　車庫的旁邊是一座住宅，從庭院的草坪看還是不錯的，但邊邊角角還需要更細緻地整理。在草坪的一角，散放著兩把舊羽毛球拍，球拍的開裂處用膠布纏著。

　　從這一切來看，丹福爾家的經濟狀況並不樂觀，與鄰居家相比，他們家的生活是比較拮据的。

　　傑克按了一下門鈴。不多一會，丹福爾太太就出來把門打開。只見她用一條潔白的手帕將秀髮裹起，身上那淺藍色的泳裝襯出優美的曲線，顯得特別嫵媚動人。

　　「請問，你找誰？」儘管她的聲音溫和而高雅，但面對眼前這位陌生來客，傑克還是能聽出她盡力掩飾的一絲疑惑。

　　「噢，是這樣的。」傑克簡單地作了自我介紹。這時，他看到丹福爾太太露出了迷人但又有些不安的微笑，似乎還有

意無意地掃了一眼他的雙手。

「你是來送賠償金的？」

「很抱歉，夫人，我不是。」

「哦，當然不是，或許是我太性急了。」她不好意思地笑了笑，「搶劫案發生的時間不長，怎麼能這麼快就獲得賠償呢？」

傑克根據她的面部表情和不時投向他的口袋的眼神，看出她的內心活動很激烈。過了一會，她稍稍平靜下來，儘管神色還有些緊張，但仍然用滿懷希望的口吻問道：「你今天來，不會是已經追回被劫的珠寶了吧？」

「真對不起，夫人，我們還沒有追回。」傑克說這話時，看到丹福爾太太的表情變化很微妙，先是鬆弛，後是驚慌，兩種相反的情緒交織在一起，表現出一種天真而迷茫的神情，頗有些不自然。

「那，那你到這裡來幹什麼？」她有些疑惑地問。

「我想和丹福爾先生談一談，請問，他在家嗎？」

「當然可以，裡面請吧！」丹福爾太太領著他，穿過客廳，來到後院的游泳池邊。

傑克在穿過客廳時注意到，在客廳的茶几上有幾頁帳單，最上面的那張蓋著刺眼的「逾期未納」的紅色印章。他

頓時明白了，丹福爾夫婦的所作所為，並非是出於貪婪的本性，而僅僅是生存的需求。

「丹尼！」

起初，傑克並不知道她在和誰說話，當看到丹福爾先生穿著短褲從游泳池裡爬出來回應了一聲，他才知道是怎麼回事。

丹福爾先生把手擦了擦，微笑著伸向傑克，然後又瞥了一眼傑克遞過去的名片。只是那一瞥，他臉上的微笑頓時便消失了，被一種不安所替代。

「你是，保險調查員？是來調查上次我們被搶劫的案子的？」他警覺地問。

「是的，我想了解一下情況，順便和你們談談關於申請賠償的事。」

「噢，好的。我想我們還是坐下來談吧，那樣會更舒服些。哦，就坐在這裡。請問，你想喝點什麼？來杯啤酒好嗎？」丹福爾先生客氣地說。

「可以，謝謝！」

「丹尼，你們坐吧，我去拿。」丹福爾太太說著，遞給丈夫一個警告的眼神，丹福爾先生也微微地點了點頭。不過，這一細節並沒有逃過傑克的眼睛。

傑克和丹福爾先生微笑著坐在一起，談論著近幾天的天氣和交通狀況。

　　很快，丹福爾太太就回來了。她把一個擺著啤酒和玻璃杯的托盤放在有遮陽傘的桌子上。

　　「關於我們申請賠償的事，還有什麼問題嗎？」丹福爾先生喝了一口酒，問道。

　　「噢，你先看看這個，是我們剛剛接到的。」傑克從衣袋裡掏出一份剪報，遞給丹福爾說，「從郵戳上看是本地的，但是沒有署名，信封上也沒有找到指紋，是匿名者寄來的。」

　　當丹福爾夫婦閱讀這份剪報時，傑克則兩眼死死地盯著他們，以便從中判斷出什麼。

　　剪報上的內容和細節傑克記得很清楚：一天，兩名持槍蒙面的歹徒闖進丹福爾夫婦的住宅。當他們發現只有丹福爾太太一人在家後，就用槍逼迫她把保險箱打開，交出裡面的珠寶首飾。這部分內容是屬實的，但事後丹福爾夫婦寫出的失竊珠寶清單就不那麼簡單了。

　　傑克繼續觀察著丹福爾夫婦的神情，他想，如果他們看到匿名者在「翡翠項鍊」四個字上用紅筆畫的圈時，他們一定會有反應，尤其是讀到匿名者在剪報旁邊批註的「簡直是胡扯」這幾個字時，更會有所表現。

　　傑克的猜測果然不錯。丹福爾夫婦看著看著，尤其是看

到末尾，突然臉色變得難看起來，丹福爾先生滿臉通紅，丹福爾太太則是面色慘白。

「對這件事，你還想知道什麼？」丹福爾先生定了定神，將剪報遞還給傑克說。

「剪報裡說的『胡扯』，究竟是不是真的？噢，請等一等，在你回答我的問題之前，我必須先解釋一下。坦率地說，我們在接到每一份賠償申請時，第一個想法就是『這是不是真的？』。當然，這並不是我們不信任誰，只是我們遇到申請賠償人自導自演的搶劫把戲太多了，很讓人頭疼。不過，到目前為止我們還沒有對你們的失竊清單表示懷疑。」傑克認真地說。

「謝謝！」丹福爾先生費力地嚥了一口口水，臉上的表情似乎也放鬆了一些。傑克又喝了一口酒，說：「這樁搶劫案其實並不太複雜，雖然我們還沒有抓獲那兩個蒙面歹徒，但無論他們躲在哪裡，都逃不脫法網的。目前，讓我們感到疑惑的是，究竟是什麼人寄了這份剪報給我們？他的目的是什麼？他又是怎樣知道被搶物品的，還有那麼明確的註釋。你知道，這種事情除了當事人外，其他人是很難弄清楚的。」

「你怎麼敢肯定就是他們寄的？依我看，這可能是一個無聊的閒人幹的，他們總是沒事找事。現在這種人還少嗎？任何罪案對於那些無聊之人來說，其吸引力絕不亞於糖漿對蒼

蠅的吸引力。」丹福爾先生說道。

「你說的也有些道理。不過，從這份剪報的語氣看，我認為還是他們寄來的。我們不妨做兩種設想：一種是，假設這份剪報是那兩個歹徒寄來的，事情似乎更符合些情理，或者說事情就變得更有趣了。另一種是，假如事實與他們說的不符，他們為什麼還要那樣說呢？他們沒必要對自己所犯的罪行撒謊，因為無論翡翠項鍊是否在內，他們被抓獲後也都會被判刑的。」傑克不緊不慢地說著，還不時地瞧瞧丹福爾夫婦。

「真難以想像，那個無聊的人為什麼要在你們申請賠償這個嚴肅的問題上開這種玩笑？」傑克臉上似乎現出一絲迷惑的神情。

「這有什麼奇怪的，難道那些無聊透頂的人做事還需要理由嗎？」丹福爾先生解釋說。

「嗯，有道理。不過，丹福爾先生，我還想就我多年的工作經驗再補充一下。我發現，有些人在遇到困難或遭遇不幸時，比如生意賠本了，炒股運氣不佳，家人患病造成大額開支等，同時也包括一些純粹是貪婪成性的人，往往試圖透過我們這條路撈回大部分的損失。當然了，畢竟大多數人還是誠實的，他們有時可能也會多報一些損失，但都是在特定環境下，比如慌亂之中急於報案。雖然事後他們也意識到報多

了，或者是發現自己報失的東西根本就沒有丟失，但是出於自尊心，他們往往羞於承認自己在慌亂中所犯的錯誤。在我的職責中，就包括給這些人一個改正錯誤的機會，或者說給這些人一個體面的臺階下。人犯錯誤總是難免的，關鍵是能否及時改正。如果是無心犯的錯，並且在正式申請賠償之前改正了，那不算犯罪；但如果明知謊報還要將錯就錯，那就是犯罪了。我曾經告誡過一些犯錯誤的人，如果他們改正得太遲的話，就必須面對這樣的後果：儘管破案後他們不得不改正了，但仍脫不掉『有意欺詐』的罪名。我說這些話並不是想嚇唬誰，只是想告訴人們，我們公司是嚴格按照法律規定辦事的。」

「噢，我們知道。」

「好，那麼我現在只剩下一件事情了。請問，二位是否要對被盜物品清單做些改動？」

丹福爾夫婦相互看了對方一眼，一時沒有說話。

過了一會，丹福爾慢慢地站了起來，他神情悽楚地對傑克說：「對不起，我想和我妻子單獨說幾句話，可以嗎？」

「當然可以。」

丹福爾拉著妻子的手默默走到後院。傑克則故意把頭轉向另一個方向。不過，當他舉起酒杯時，依然可以看到兩個人影在杯子上晃動。

沒過多久，丹福爾先生就帶著妻子回來了。他對傑克勉強地笑了一下，說：「是的，我們要對被盜物品清單做些改動。不過，我想向你解釋一下，案發的當晚，我不在家，是在城裡的辦公室加班。因為第二天是我和妻子的結婚紀念日，我想送給她一件禮物，所以那天早上我就把翡翠項鍊帶走了，想讓珠寶商在上面多鑲幾個鑽石，給妻子一個意外驚喜。當妻子打電話告訴我家中被盜時，我心裡十分牽掛妻子的安危，擔心歹徒逼她打開保險箱時會傷害她，好在這種事情沒有發生。可是當時我卻忘記告訴她我帶走項鍊的事，直到她把被盜物品單子交給警方並見報後，我才知道她把項鍊也寫進去了，雖然我想改正，但是已經晚了。後來……」

　　「這麼說，項鍊沒有丟？」傑克問道。

　　「是的，我還沒有送到珠寶商那裡，它還在我的公文包裡。我看還是放到保險箱裡更安全。」說這話的時候，丹福爾先生的臉漲得通紅。

　　「應該這樣。」傑克點了點頭，然後站起來說，「好了，感謝兩位的合作，我該告辭了。」說著，他伸出手來與丹福爾夫婦握別。

　　丹福爾夫婦牽著手，將傑克送到大門口，望著他駕車離去。

　　傑克駕車來到公路邊的一通電話亭旁停下，他撥通了電

話：「喂，哥們，我贏了！果然不出所料，項鍊就在他們手中。我猜測，當時丹福爾把項鍊帶到城裡去，不是想賣掉就是想典當，由於天色晚了，所以那天他留在城裡沒有回家，打算第二天上午再到珠寶店或當鋪去轉轉，找個合適的價錢出手。後來當他從妻子那裡得知家裡被搶劫後，貪婪之心萌生，認為可以藉此機會得到一個意外收穫。因此他們決定渾水摸魚，填寫虛假清單，希望賺得一筆額外的賠償金。不過，他們做夢也沒有想到我這個假冒的『保險調查員』出現了，哈哈！好了，這下我們就不要為被劫物品清單互相猜忌了，項鍊這時肯定回到保險箱了。哥們，趕快準備，什麼時候出發聽我的電話，我們隨時都可以打開保險箱。上帝，我們又要發財了！」

傑克放下電話，臉上仍然掛著得意的笑容。

瘋狂舞伴

在一個叫做佛特瓦哥的小鎮裡，住著一位名叫尼克拉斯‧吉貝的奇特老人，他靠製作各式各樣的機械小玩具來維持生計。

　　老吉貝製作小玩具的獨門手藝名聲在外，幾乎在整個歐洲都家喻戶曉。他做過的機械小玩具幾乎無奇不有。有能從捲心菜的菜心裡忽然蹦出來的小兔子，它還會理理鬍鬚，搖搖耳朵，然後又倏地一下鑽回包心菜裡。有能自己洗臉的小花貓，牠會左瞧瞧、右看看地做各種姿態，更令人稱奇的是，牠居然還會「喵喵」地叫，以至於連真正的狗都信以為真，汪汪叫著撲過去。還有能說話的木偶，老貝吉事先在木偶肚子裡放置一個留聲機，只要扭動開關，這個木偶就可以一邊向你脫帽致意，一邊說「請」、「你好」、「謝謝」之類的話，甚至還可以高興地為你唱歌。

　　如此說來，老吉貝可就不只是個手工藝人了，他簡直可以和任何藝術家媲美。雖然他做這些小玩具只是業餘愛好，但也絕不是像一般人那樣的閒情雅緻或消磨時間，他在這些小玩具上傾注了自己的全部心血和情感。

　　在老吉貝的店鋪裡，堆積著很多這樣的東西，儘管件件都是樣式奇特、精妙絕倫，但是卻很少有人問津。為什麼呢？因為老吉貝製作這些東西並不在乎能否賣掉，而是出於對手工製作的痴迷和喜愛，所以，他也就任憑那些東西像古

董一樣靜靜地陳列在店裡。

　　下面我們就列舉幾件小玩具，讓大家領略其精妙之處。

　　有一隻機械小木猴，它可以憑藉暗藏在體內的充電裝置，連續小跑兩個多小時。如果換上一個功率大些的充電器，它甚至比真猴跑得還要快。有一隻飛鳥，它可以振翅飛向半空，然後在半空中盤旋幾週，又回落到它起飛的地方。有一副骨架，是以鐵棒為支柱做成的，竟然能夠伴著音樂跳狐步舞。還有兩個紳士和小姐模樣的木偶人更是絕倫，老吉貝在那個紳士的肚子裡藏了一根管子，不僅讓它能夠抽菸，還能夠喝酒，酒量甚至比三個年輕人都要多。至於那個與真人大小一般的木偶小姐，居然會像模像樣地拉著小提琴……總之，他做的東西不僅數不勝數，而且樣樣精妙至極。

　　這個鎮子上的人們都對老吉貝佩服得五體投地，他們甚至說：「如果老吉貝願意的話，他連可以做任何事情的木人都能做出來！」後來，老吉貝果然不負眾望，真的做了一個木人，只是由於這個木人會做的事太多了，竟然……

　　好了，我們還是詳細說說這件事情的經過吧。鎮子上有個年輕醫生叫佛侖，他有個寶貝兒子。在兒子一週歲生日時，他為了慶賀，就把家裡的親戚邀請來聚會了一次。第二年，當兒子要過兩週歲生日時，佛侖太太便執意要把場面搞得更大一些，決定舉辦一次舞會。於是，佛侖不僅邀請了自

家的親戚，還邀請了鎮子上的很多人，當然也包括老吉貝和他的女兒奧爾格。

那天參加舞會的人很多，氣氛也很熱烈。第二天下午，老吉貝正坐在屋子裡專注地看報紙，他的女兒奧爾格和幾個好友則聚在院子裡聊天。她們聊著聊著，話題很自然地就轉到昨天舞會上的男士們身上來，一會評論某個男士舞技嫻熟，很瀟灑，一會又嘲笑某個男士舞姿蹩腳，面容僵硬。當時她們毫無顧忌地評頭品足，並沒有留意到屋子裡的老吉貝。

「喂，你不是經常參加舞會嗎？好像那些男士很少有會跳舞的。」一個女孩子對另一個模樣俊俏的女孩子說。

「就是，他們在舞場上都好像是故作姿態。」那個俊俏女孩子回應說。

「不過，我發現他們倒是很喜歡和你搭話的，他們都說些什麼？」那個女孩子接著問道。

「別提了，他們說出來的話總是無聊得很，我真厭煩。」俊俏女孩子一臉不屑的樣子。

坐在旁邊的第三個女孩子插話了：「沒錯，他們說的話幾乎如出一轍。什麼『今天晚上妳真迷人啦』、『妳穿的衣服太漂亮了』、『妳經常去維也納嗎』、『今天的天氣多熱啊』、『妳喜歡瓦格納嗎』……唉，你們說說，這些男人怎麼就問不

出點新花樣呢？」

一直沒有吭氣的第四個女孩子說話了：「我和你們的看法不一樣，我從來就不介意他們說些什麼，只要他舞跳得好，即使他是個白痴我也不在乎。」

「哦，那些男士總是……」一個面龐清瘦的女孩子氣呼呼地說。

「我去跳舞時，」第四個女孩子又插話了，她沒有注意到那個清瘦的女孩子話還沒完，繼續說道，「我只要求男舞伴將我抱得緊一點，一直不停地帶著我跳和旋轉，那種感覺太美妙了，直到我累了為止。」

「那乾脆給你找個上了發條的機器人算了！」被打斷話的那個清瘦女孩子說道。

「哇，這個主意真是妙極了！」其中的一個女孩子驚叫著，並鼓起掌來。

別的幾個女孩子被她的驚叫吸引了，連忙問：「快說說，是什麼美妙的主意？」

「噢，我剛才告訴她，應該找一個上了發條的舞伴，最好是電動的，這樣它就不會感到疲勞了，可以抱著她一直跳下去。」

「啊！這的確是件美妙的事情！」幾個女孩子頓時興奮起來，她們開始發揮起想像的空間，竭力描繪著心中的構想。

「如果真有那樣一個舞伴，該是多麼愜意呀！」一個說。

「嗯，它絕不會踢到你的腿，也不會踩到你的腳，比現在的那些男士強多了！」另一個說。

「更重要的是，它溫文爾雅，絕不會試圖暗暗撕破你的衣服！」第三個女孩子說。

「還有呢，它一定不會跳錯舞步，更不會轉暈了將頭撞在你身上！」

「我想，它不會邊跳邊掏出手絹來擦汗，說實在的，我每次跳舞時最討厭男舞伴做那樣的動作。」

「對，它也肯定不會像有些男人那樣，每次參加舞會時總是枯坐在一旁，把整晚上的美好時光都浪費掉了。」

「你們聽著，我還有個更好的辦法，在它身體裡放一個留聲機，這樣就可以隨時錄下它說的話，然後播放，人們肯定搞不清官究竟是真還是假。」首先提出找個上發條的機器人當舞伴的女孩子興奮地說道。

「我敢保證，這些不僅可以完全做到，而且能夠做得完美無瑕！」那個清瘦的女孩子信心十足地說。

女孩子們唧唧喳喳的說話聲驚動了屋裡的老吉貝，他放下手中的報紙，也將兩隻耳朵豎了起來，仔細地聽著。這時，恰好一個女孩子無意間朝這邊望過來，老吉貝見狀，趕緊又舉起報紙，裝作似乎什麼都沒聽到的樣子。

終於，女孩子們聊完散去了。老吉貝也放下報紙，趕忙走進他的工作間忙碌起來。女兒奧爾格從門外經過，聽到工作間裡傳出父親來回的踱步聲，還有偶爾發出的輕微竊笑聲，她並沒有太在意。

　　這天晚上，老吉貝和女兒聊天，其中有很多是關於跳舞和她們舞伴的事情，包括她和朋友們經常談些什麼，眼下什麼舞蹈最流行，在這些舞蹈中會穿插些什麼樣的步伐等。當時奧爾格還多少感到有些奇怪：「上了年紀的老父親怎麼也對舞蹈感興趣了？」

　　在接下來的幾個星期裡，老吉貝不是低著頭若有所思，就是待在工作間裡很長時間都不出來，有時還會偶爾發出一兩聲莫名其妙的輕笑聲，就像是他想起了一個別人無從得知的笑話似的。奧爾格對父親的這種舉動也摸不著頭緒。

　　過了一個月，富有的木材商老溫塞為了慶賀他姪女訂婚，決定在佛特瓦哥鎮舉行一次舞會，老吉貝和他的女兒奧爾格也被邀請參加。

　　這天，奧爾格收拾妥當之後，就去找她的父親一同出發。結果老貝吉並不在屋裡，她又來到父親的工作間，推開門一看，發現父親此刻正挽著袖子，滿臉是汗地忙乎著什麼。

　　「快走吧，不然就晚了！」奧爾格催促說。

「噢，你先去吧！」老貝吉說，「我還有點工作要完成，不會耽誤多久，我很快就會趕過去的！」

當奧爾格轉身要離開的時候，老貝吉又大聲說道：「你告訴他們，有一個年輕人要跟我一起去，他可是個英俊的小夥子，舞也跳得棒極了，到時候女孩子們都會圍著他轉的，哈哈！」

老吉貝笑著隨手關上了門。「父親究竟在搞什麼名堂？」奧爾格不禁有些疑惑，不過她猜：父親或許正為舞會的客人準備著一份禮物。

奧爾格來到舞會現場，她告訴人們父親一會就來，並且還根據自己的猜測說：「我父親還要送給大家一份禮物。」聽她這麼一說，人們就更加期待這個有名的老工匠早點到來了，因為他的超凡技藝吸引著人們。

忽然，外面傳來一陣車輪的響聲，還有走廊裡的說笑聲，原來是老溫塞來了。只見老溫塞神采奕奕，笑容滿面地走進舞廳，大聲宣布說：「諸位，請安靜，讓我們用掌聲歡迎老吉貝和他的朋友！」

在人們熱烈的掌聲中，老吉貝和他的朋友走到舞池中央。「女士們，先生們，」老吉貝說，「請允許我向大家介紹一下，這就是我的朋友 —— 弗瑞茲中尉。弗瑞茲，快，向女士們和先生們致意！」說著，吉貝把手輕輕搭在弗瑞茲的肩

膀上，只見中尉朝著人們深深地鞠了一躬。「咔嚓」，這是弗瑞茲腰間發出的輕微聲響，但人們並沒有注意到。接著，老吉貝又拉著弗瑞茲的手臂一同向前走了幾步 —— 它的走路姿勢還是顯得有點僵硬，畢竟走路並不是他的特長。

「我的朋友是個出色的舞蹈家，它可以把你抱得很緊，跳起舞來一刻不停，節奏快慢也任由你選擇。它還非常有禮貌，溫文爾雅，絕不會跳暈了頭撞向你。我只教過它華爾茲，它已經很熟練了，請問，哪位女士願意做它的舞伴？來，寶貝兒，還是你自己說說吧。」說著，老吉貝又輕輕地按了一下弗瑞茲後背的一個按鈕，只見它立刻張開了嘴巴，在機械微微的摩擦聲中傳出「承蒙榮幸！」一句話，隨即它的嘴巴又啪的一下閉上了。

看著眼前這箇中尉那英俊的面龐、明亮的眼睛、優雅的微笑和會說話的嘴巴，人們幾乎驚呆了。

「請問，有哪位女士願意做它的舞伴？」老吉貝又重複了一遍，但還是沒有人回應。看來，弗瑞茲中尉雖然帶給人們的第一印象很深刻，但卻似乎沒有哪一個女孩子願意做它的舞伴，她們只是睜大眼睛，將信將疑地看著眼前的這個中尉。

老吉貝又環顧了一下四周，他一眼就看到那天想出這個主意的女孩子也坐在那裡，於是就走到她面前說：「女孩，

這可是妳的主意，現在終於實現了，弗瑞茲是個電動的舞伴，難道妳不想試試嗎？妳給大家展示一下也是給它的一個考驗，好嗎？」那個女孩子沒有說話。

這時，老溫塞也湊上來幫腔：「試試吧，妳這麼聰明漂亮的女孩子，肯定對這個新玩意感興趣。」那個女孩子思忖了片刻，終於點頭同意了。

老吉貝把女孩子帶到舞池中央，又根據女孩子的身材把木人調整了一下，使它的胳臂正好能挽佳她的腰把她抱緊，並讓它那光滑細膩的左手握住她的右手，然後詳細告訴她怎樣調節它的速度，怎樣讓它停下來以便休息等等。當這一切都做完後，老吉貝說：「女孩，放心吧，它能帶妳轉一整圈，只要妳別碰它的旋鈕，就不會有人撞到妳的。」

這時，優美的樂曲聲響了起來，人們都在凝神注視著舞池中央的這一對。老吉貝慢慢將木人身上的電機旋鈕打開，那個叫安妮的女孩子便和這個陌生的舞伴開始在舞池裡旋轉起來。那個木人盡情地展示著優美的舞姿，步法嫻熟、節奏準確。它帶著安妮在舞池裡一圈又一圈地來迴旋轉著，還不時地以一種異常柔和的語調和安妮親切地交談。安妮漸漸地和這個絕妙的舞伴熟悉起來，最初的緊張也消散了，她變得異常高興，隨著木人緊摟的手臂跳著、旋轉著。「啊！多麼美妙，它真是可愛極了！」她興奮地喊著、笑著，「如果我能

和它這樣一輩子跳下去該有多好！」

人們都羨慕地望著舞池裡這翩翩起舞的一對。

在樂曲聲中，一對又一對的男女相繼進入舞池，很快就如眾星捧月般地將安妮和木人包圍在了中央。安妮和木人笑著跳著，眾人笑著跳著，就連老吉貝也望著自己的傑作，如孩童般開心地笑著，整個舞會達到了高潮。

「喂，老夥計，看來今天晚上這裡是年輕人的天下了，我們還是找點自己的樂趣吧！」老溫塞走過來，貼著老吉貝的耳朵說。

「我們去做什麼呢？」

「當然是到我的帳房裡抽支菸，喝杯酒了！」

「好！」

於是，這兩個老人便悄悄地朝門口走去。

正當舞會高潮迭起的時候，近乎陶醉的安妮無意間碰了一下調節木人舞步頻率的旋鈕，情況瞬間就變了。只見那個木人緊緊地抱著安妮，步伐越來越敏捷，速度也越來越快了，一圈又一圈，不停地旋轉著。他們身旁的很多人都已經跳累了，或是放緩步伐，或是乾脆停下來休息，但安妮他們卻如同上了發條一般，不停地跳著，跳著……最後整個舞池只剩下他們一對仍在翩翩起舞。

很快，樂曲聲就不合拍了，樂師也跟不上他們的步點了，望著他們越來越瘋狂的舞步，這些人只好放下樂器，瞪大眼睛看著他們。

　　「好哇！真過癮！」舞場裡的年輕人歡呼起來。

　　「天哪！這是怎麼了？」有些老年人焦慮不安起來。

　　「安妮，安妮，妳怎麼還不停下來？難道妳要把自己累暈嗎？」一位中年婦女大聲叫道，但是安妮並不答話。

　　「不好了，你看她的臉色蒼白，安妮一定是暈過去了！」一個女孩驚叫著。

　　人們似乎這時才發現情況真的不妙了。

　　「快讓它停下來！」一個男子立即衝上去，緊緊抓住了那個仍在旋轉的木人，結果卻在它飛快旋轉的衝擊力下重重地摔倒在地。更嚴重的是，那個倒地男子的臉頰又被木人那包著鐵皮的腳狠狠地踩了一下，頓時鮮血流了出來……

　　「哇！」周圍的人驚呼著。

　　當時，人們都被眼前的情形嚇壞了，頭腦也糊塗了，所有的人都在大叫著、激動著，但卻沒有人知道該怎麼辦。其實，如果當時有人能夠保持頭腦清醒的話，只要一個人就能很輕易地把那個傢伙放倒在地，有兩三個人就能把它舉起來摔成碎片，再扔到角落裡，事情就這麼簡單。儘管事後那些不在場的人曾認為在場的那些人是多麼愚蠢，甚至連在場的

那些人後來回想起來都認為該是多麼簡單，可事實是所有的人當時都沒有意識到這一點，否則就不會釀成那麼嚴重的後果了，當然這是後話。

我們再回到事件的現場。當時，看著木人依舊抱著安妮在飛快地旋轉，看著倒在地上的那個男子，在場的女人們開始變得歇斯底里起來，她們捂著腦袋大喊大叫，而那些男人也變得焦躁不安起來，他們攥著拳頭走來走去。這時，又有兩個人勇敢地衝了上去，拚命撕扯那個木人，結果那個木人反倒把他們從舞池中央一下子撞了出來。那兩個人分別撞在了角落的牆壁和家具上，鮮血從他們的臉上淌了下來。接著，安妮也被重重地摔在了地板上。

「快去找老吉貝，快！」女人們尖叫著從舞場裡跑出來，男人們也緊隨其後。

「老吉貝在哪裡？」

「不知道！」

「你們看見老吉貝了嗎？舞廳出事了！」

「沒有！」

幾乎所有參加舞會的人都在四處找他，但是沒有人注意到老吉貝何時離開的舞廳，也沒有人知道他現在究竟在哪裡。由於害怕，人們都不敢再回到舞廳裡去了，只是聚集在門旁或者是隔著門縫向裡看。只見那個木頭傢伙依然勁頭十

足地來迴旋轉著，它的轉輪摩擦著地板，發出「吱吱」晶響聲，還不時地有「哐當哐當」的撞擊聲傳出。那是它轉圈時碰到了周圍的某些硬物件，如果是稍小一些的，自然就被它撞飛了，如果是大的，它還會靈活地轉個方向，將舞步滑向另一端。

「啊，你今天晚上真迷人！」「你什麼時候去維也納？如果不介意的話我可以陪你去。」「今天的天氣真不錯，就和我的心情一樣！」「哦，別離開我，我可以和你一直跳下去，只和你。」它那親切柔和的問話仍然一遍又一遍地重複著。

人們仍然在焦急地四處尋找老吉貝。

他們檢視了舞場及其周圍的所有房間，都沒有；然後他們又一起去了老吉貝家，那裡的看門人是個又聾又啞的人，他們比比劃劃地詢問了半天，花費了許多寶貴的時間。

「咦，老溫塞呢？」直到這時，人們才發現這個老傢伙也不見了。

他們繼續尋找。找過老吉貝家前院的客廳和臥室，沒有。又穿過後院來到工作間，也沒有。

最後，他們跑到帳房，這才發現老吉貝和老溫塞都醉倒在那裡。

聽了人們焦急的講述，老吉貝的酒一下子醒了，他臉色蒼白，慌忙站起來，一路小跑地來到舞廳，並順手將門關

上了。

　　人們都被擋在了門外，只能焦急地等待著。

　　這時，人們似乎聽到舞廳裡傳來模糊不清的低語聲和一陣凌亂的腳步聲，接著聲音就大了，好像是一陣木頭的劈裂聲……最後便寂靜無聲了。

　　人們不知道裡面究竟發生了什麼，尤其是站在門口的人，都急於擁進去。不一會，舞廳的門打開了，老溫塞正站在那裡，他用寬厚的肩膀擋住了試圖擁入的人群。

　　「巴克勒，還有你，」老溫塞用手指著另一個中年人，「你們兩個留下，其他的人請走開，尤其是要讓那些女人盡快離開！」說這話時，他的聲音很平靜但卻充滿威嚴，不過他的臉上卻毫無血色，簡直就是死灰一般。

　　自那以後，手藝精湛的老尼克拉斯・吉貝雖然還在做著各種小玩具，但他只做那些會蹦跳的小兔子和會「喵喵」叫的小貓了。

瘋狂舞伴

眞實情節

走出大廈，已是晚上九點左右。藉著黯淡的夜色，他看到路上行人稀少。等幾輛汽車開過去，他便穿過街道來到自己的老爺車前，卻沒看到前面的兩個身影。

　　「先生。」直到有人向他打招呼，他才越過老爺車的車頂，看到那兩位女郎 —— 她們都在二十歲上下，穿著白色上衣和已經褪色的牛仔褲，其中一個長著漂亮的金髮，身高在一百六十公分左右，而另一個黑人女子則更加消瘦些，也高一些。

　　他的手在車門的把手上停頓了一下，詢問道：「有什麼事嗎，女士們？」

　　「你可以讓我們搭車走一程嗎？」

　　「哦，妳們要去哪裡？」

　　金髮女子回答說：「聖路易斯。」

　　恰好，他正打算在回家途中到聖路易斯旁邊的超市去一下，那條路離她們要去的地方並不很遠，只有幾條街。於是他欣然接受：「當然可以，請上車吧。」

　　他坐進汽車，打開另一側車門。兩個女子相互謙讓了一番，最後都擠上了前座。這時他才看清，居中而坐的金髮女子雙肩十分光滑，而且左臂肘上還刺了一隻小蝴蝶。

　　他心中暗自感慨世界變化如此之快，想當初自己十七歲時在手臂上刺了花紋回家，卻被父母大呼小叫地責罵了一

番,而今女孩子紋身也都見怪不怪了。

他發動汽車,駛過兩條寬闊大道後,便開到了一條偏僻狹窄的馬路上,他也逐漸輕鬆起來。可就在要轉進一條幽暗的隧道時,金髮女子突然喊了一聲:「停車!」

一瞬間他剎住車,在路邊停下。

金髮女子不知什麼時候手裡多了一把獵刀,刀尖停在離他喉嚨大半尺遠的地方。她神色有些慌張,低聲說:「把錢交出來。」

一時間他有些手足無措,他萬萬沒有想過有一天自己會成為搶劫的對象 —— 他總覺得被人搶劫是別人的事,不會落到他的頭上。

他問:「如果我沒錢的話,還能不能活著離開車子?……實話說,我剛從那種下流地方出來,你們兩人剛才不也是從那裡出來的嗎?」

兩個女郎交換了下眼色,黑人女子詢問說:「你怎麼知道?」

「那地方可是最早消除種族歧視的。在美國,除了監獄還有哪裡還會像那裡一樣,不分種族地互相信任?話說你們是第一次出來試運氣的,我說得對不對?」

「為什麼這麼問?」金髮女子問。

他心底忽然有了點自信：「妳們根本不知道自己在做什麼。」

黑人女子有些不耐煩了，但神情中有些疑惑：「這種事你懂得什麼？」

「什麼都懂，而且很內行。」說著，他轉向金髮女子，「就以妳持刀的方式來說，妳居然會讓刀尖離我脖子大半尺遠 —— 妳本該用力頂住我的喉嚨或者是我的腰，並且妳們應該坐在車的後座，這樣下手時才不容易被發現。」

金髮女子仍舉著刀：「有道理。」

「當然有道理，」他微微得意，「此外還有兩個問題。」

「是嗎？說來聽聽。」黑人女子語氣緩和了不少。

「妳們倆的衣著也不恰當。」

「這是什麼意思？」金髮女子問。

「妳們穿的衣服太薄，顏色也太淺。如果妳們必須用刀的話，一定要離得非常近才行，這樣很容易沾一身血。假如妳們非用刀不可，萬一遇上對方做出愚蠢行為，衣服顏色深暗一些顯然更容易掩飾血跡。」

「還有呢？」黑人女子問，「你不是說有兩個問題嗎？」

「是的，另一個問題是，妳們要的是錢，而不是聊天。妳們本應該盡可能把錢弄到手，而避免和對方說太多廢話。

只要用刀一頂住對方，妳們就該立刻告訴他廢話少說，否則刀劍無眼。然後讓他交出所有值錢的東西，否則就會如何如何。妳們要是能做得足夠好，他就會嚇得不敢吭聲，更不敢磨蹭，做一些不該做的事。」

這時黑人女子已經打開車門往下走了，金髮女子也跟著滑了出去，把刀乖乖收進了包裡。

「妳們現在打算幹什麼？」他問。

「換衣服。」金髮女子說。

他點點頭，隨之勸誡她們：「年輕人，還是做些正經的事情賺錢吧，不要惹是非。」

「你也是，別再隨便讓人搭便車。」金髮女子如是回敬了一句。等金髮女子一關上車門，他便踏下油門，一溜煙地跑了。

按照原先計劃，他在超市買完東西後才開車回家。走進家門時，他情不自禁地吹起了口哨。

他妻子從廚房裡高聲問道：「聽起來你今天心情不錯，你的小說寫得怎麼樣了？」

「我把最頭疼的一部分寫完了。」他回答。他的妻子從廚房裡走出來，遞給他一杯酒。

「是不是半途搶劫的那一章？那一章你總覺得不太符合實際。」

他抿了一口酒，笑著說：「但現在我認為已經夠合乎實際了 —— 實際上，我可以說那就是實際。」

扒手

我坐在假日旅館的豪華休息室裡翻閱一本雜誌時，看到了那個身穿暗色粗格子呢衣服的女子正在扒竊史東的口袋。她做得很漂亮。

　　史東是位白髮蒼蒼的老紳士，手裡拄著拐杖。他在加州有著一億五千萬的資產。就在剛才，他從我對面的一個豪華電梯裡走了出來。

　　而那個女子，從大理石樓梯匆匆走過去，走得很急切，並裝出心不在焉的樣子，正好和史東撞了個滿懷。然後她趕忙道歉，露出甜美的酒窩。史東老先生則彬彬有禮地鞠了一躬，說沒有關係。

　　我看到，她扒了他的皮夾和領帶上的鑽石夾子；而他卻毫未察覺，也沒有任何懷疑。她匆匆走向休息室對面的出口，同時把扒來的東西放進手提包裡。

　　我連忙離開座位，迅速而警惕地追上去。追上她之前，她已經走過了那邊的一盆盆植物，就要來到玻璃門處。

　　我抓住她的肩膀，微笑著說：「對不起，請等一下。」

　　她一下子愣住了，轉身看了看我，好像我是從那些盆景中鑽出來的一樣。她冷冷地問：「你說什麼？」

　　「我們最好談談。」

　　「我不想和陌生的男人談話。」

　　「但我想我會是個例外。」

她棕色的眼睛裡彷彿閃出了一道憤怒的光：「我建議你放開我的手臂，不然我就要叫經理了。」

「妳也許知道，我是假日旅館的保全主任。」我對她說。

她臉色一下子變白了。

我帶著她穿過拱形入口，來到旅館的餐廳裡，它就在我們剛才談話處左側不遠的地方。

她沒有反抗。我讓她坐在一張皮革椅子上，而我自己，則坐在她對面。一位身穿藍色制服的服務生走了過來，我向他搖搖頭，他走開了。

隔著桌子，我打量著對面的女子。她長著一張具有古典美的臉，是那麼純潔而無辜，褐色的頭髮稍有點捲曲。我猜測她大約二十五歲。

我冷靜地說：「毫無疑問，妳是我遇見的三隻手中最漂亮的一位。」

「我，我不知道你在說什麼。」

「妳也許知道，三隻手就是扒手。」

她擺出憤怒的樣子說：「你是在說我嗎？」

「哦，別裝了，」我說，「女士，妳沒有必要裝傻，我看見妳扒了史東的皮夾和他的鑽石領帶夾，那時我就坐在電梯的正對面，距離妳只有十五英呎。」

她沒再說什麼，手指擺弄著手提包的帶子，苦惱地嘆了一聲，說：「你說得沒錯，我是偷了那些東西。」

　　我走過去，從她那裡輕輕拿過提包，打開它。史東的皮夾和領帶夾就在袋子裡面各種女性用品的上面。我翻出了她的身分證，暗中記下她的名字和地址，然後取出她偷的東西，又把提包還給了她。

　　她輕聲說道：「我……我不是小偷，我希望你知道，我不是一個小偷。」她顫抖著咬緊自己的下唇，「可是我有強烈的偷竊癖，我控制不了自己。」

　　「偷竊癖？」

　　「是的，去年我已經看過三位精神病醫生，可他們都沒辦法治療我這個毛病。」

　　我同情地搖了搖頭：「這對妳來說一定很可怕。」

　　「是很可怕，」她同意說，「我父親要是知道這件事，一定會把我送進精神病院的！」

　　她聲音有些發抖：「他警告過我，如果再偷任何東西，就要把我送進醫院。」

　　我卻輕鬆地對她說：「妳父親不會知道今天這裡發生的事。」

　　「他不會知道？」

「是的，」我緩緩說道，「史東先生會取回他的皮夾和別針，我想沒有必要把這件事張揚出去，這對旅館也不利。」

她的臉開朗起來：「那麼……你準備放了我？」

我嘆了一口氣：「我想我可能心腸太軟了。是的，我準備放妳走。但是妳得答應我，不能再進假日旅館。」

「我一定答應。」

「如果我以後再看見妳在這裡，對不起，女士，我會報警的。」

「不會的！」她急切地向我保證，「明天一早，我就要去看另一位精神病醫生，我相信他一定可以幫助我。」

我點點頭：「那很好 ── 」於是我轉過頭去看拱形餐廳門外的客人。

等我再轉回頭時，餐廳通向街道的大門正好關上，那個女子不見了。

我在那裡坐了一會，思考著剛才有關她的事。我想她是一個很熟練的職業扒手，有著過人的嫻熟手法。除此以外，她還非常善於撒謊。

我對自己一笑，站起身，再次走進休息室。然而我沒有坐回原來的座位上，相反，我漫不經心地穿過玻璃門走上了大街。

我走進人群中，右手從外套口袋處輕輕地撫在厚厚的皮夾和別針上。

　　我有點為那個女子難過，事實上自從史東當天一走進假日旅館，我就盯上了他。只是三個小時的等候之後，就在我要下手的前十五秒，她突然間出現了。

電子書購買　　　爽讀 APP

國家圖書館出版品預行編目資料

該詛咒的地方 —— 追尋真相，將墜入無盡的
恐懼境地 / [美] 亞佛烈德·希區考克（Alfred
Hitchcock）著，繁秋 譯 . -- 第一版 . -- 臺北市
: 崧燁文化事業有限公司 , 2024.05
面；　公分
POD 版
譯自 : The place that should be cursed
ISBN 978-626-394-302-5(平裝)
874.57　　113006542

該詛咒的地方 —— 追尋真相，將墜入無盡的恐懼境地

臉書

作　　　者：[美] 亞佛烈德·希區考克（Alfred Hitchcock）
翻　　　譯：繁秋
發 行 人：黃振庭
出 版 者：崧燁文化事業有限公司
發 行 者：崧燁文化事業有限公司
E - m a i l：sonbookservice@gmail.com
粉 絲 頁：https://www.facebook.com/sonbookss/
網　　　址：https://sonbook.net/
地　　　址：台北市中正區重慶南路一段 61 號 8 樓
8F., No.61, Sec. 1, Chongqing S. Rd., Zhongzheng Dist., Taipei City 100, Taiwan
電　　　話：(02) 2370-3310　　　傳　　　真：(02) 2388-1990
印　　　刷：京峯數位服務有限公司
律師顧問：廣華律師事務所 張珮琦律師

定　　　價：299 元
發行日期：2024 年 05 月第一版
◎本書以 POD 印製
Design Assets from Freepik.com